神游江南

当代中国文学书库

潘富根 ◎ 著

中国文联出版社

图书在版编目（CIP）数据

神游江南／潘富根著. -- 北京：中国文联出版社，
2024.1
ISBN 978-7-5190-5376-5

Ⅰ.①神… Ⅱ.①潘… Ⅲ.①散文集—中国—当代
Ⅳ.①I267

中国国家版本馆 CIP 数据核字（2024）第 021009 号

著　　者　潘富根
责任编辑　胡　笋
责任校对　乔宇佳
装帧设计　中联华文

出版发行　中国文联出版社有限公司
地　　址　北京市朝阳区农展馆南里 10 号　　　　邮编　100125
电　　话　010‑85923025（发行部）　　　　010‑85923091（总编室）
经　　销　全国新华书店等
印　　刷　三河市华东印刷有限公司

开　　本　710 毫米×1000 毫米　　　1/16
印　　张　11.25
字　　数　130 千字
版　　次　2024 年 1 月第 1 版第 1 次印刷
定　　价　58.00 元

目　录
CONTENTS

题　记

　　沏一杯茶，燃一支香，摊开一本书。

　　想去江南，夙愿已久。自驾出行，路不熟用导航，无人讲解也枉然。于是您拿起这本书。

　　冷雨敲窗，淅淅沥沥下个不停。一个人独处，寂寞丛生。于是您拿起这本书。

　　夜深人静，万籁俱寂。忙碌一天，身疲力尽，却无睡意。于是您拿起这本书。

　　香炉孤烟直，茶叶已下沉。茶水没喝一口，燃香不觉香味。因为您已经被书吸引。

　　读过几页，吟诵之间，吐纳珠玉之声；眉睫之前，卷舒风云之色。行云流水般的文字，犹薰馨香，沁人心脾；如品清茶，神清气爽。

　　如同邂逅多年不见的老友，向您娓娓道来他的传奇。他带您思接千载，视通万里，神游吴越的青山秀水，结交宁扬苏杭的风流人物，遍阅江南水乡的历史文化与名胜古迹。

　　······

　　这本书您正拿在手里。

金陵古都

一

公元前 495 年，吴王夫差在今朝天宫一带筑冶城，此为南京筑城之始。公元前 472 年，越王勾践灭吴后，派大臣范蠡在今中华门外秦淮河南岸筑越城，又名范蠡城。战国初，公元前 333 年，楚威王大败越王，在长江边的石头山上筑城。楚威王曾"以此有王气，因埋金以镇之，号曰金陵"，并置金陵邑。南京自此得名"金陵"。

公元前 221 年，秦国扫灭六国建立了大一统帝国。秦王嬴政采取了一系列的措施，巩固自己的统治地位。①废除分封制，实行郡县制；②修筑长城；③自称始皇帝，规定自己死后皇位传给子孙时，后继者沿称二世皇帝、三世皇帝，以至万世；④收缴天下兵器，铸十二铜人；⑤统一文字，统一货币，统一车辙，统一度量衡；⑥听说金陵有王气，就将金陵改名为意为草料场的"秣陵"。

二

东汉末年群雄逐鹿，势成鼎立。公元 229 年，孙权在武昌称帝，9 月即迁都秣陵，改称"建业"，此为南京建都之始。

"金陵自古帝王州"，历史上继孙吴之后，东晋、宋、齐、梁、陈、南唐、明朝、太平天国先后定都南京。辛亥革命推翻帝制，南京成为中华民国首都。所以被称为"十朝都会"。

三

唐刘禹锡《西塞山怀古》："王濬楼船下益州，金陵王气黯然收。千寻铁锁沉江底，一片降幡出石头。人世几回伤往事，山形依旧枕寒流。从今四海为家日，故垒萧萧芦荻秋。"公元 280 年，晋太康元年，时为益州刺史的王睿，受命造大船沿长江东下，用大火炬烧断吴人的锁江铁链，战舰直抵石头城下，王睿带兵 8 万，攻入石头城，吴主孙皓投降。

公元 317 年，东晋琅琊王司马睿建立东晋政权。以建康（今南京）为国都。

四

南北朝时期，南朝的宋、齐、梁、陈相继定都建康。在晚唐诗人杜牧的笔下，依然可见当年建康的盛况："千里莺啼绿映红，水村山郭酒旗风。南朝四百八十寺，多少楼台烟雨中。"

此处值得一提的是胭脂井的故事。张丽华歌伎出身，有一头乌黑油亮、长达七尺的长发，自入宫后深得陈后主陈叔宝的宠爱，被封为贵妃。在行将国破家亡的时刻，张丽华在桃叶渡望着秦淮河的柔波，怀念曾经的生活，感念后主的真情。隋兵突然攻入，后主拉着她和孔贵妃一起躲进景阳井。在下井的时候，她因匆匆忙忙在井沿留下了胭脂痕迹。因为胭脂，隋兵发现了他们。那口井，从此也被叫作胭脂井。井下他们三人手拉着手，生死相守。当他们拴在一条绳上被拉上井时，隋兵们哄笑不止。张丽华也在笑，她笑他们根本不懂什么叫生死相依的爱情。

五

五代十国时期，公元937年，南唐的先主、中主、后主再次将金陵定为国都，改称"江宁"。

现南京市南郊祖堂山南麓有南唐二陵，是南唐先主、中主的陵墓。后主的墓葬在河南洛阳邙山。

后主李煜，从小天资聪颖，通晓经史，喜欢佛教，洞悉音律，工书擅画，文章诗词水平都很高。国难以后，他的小词达到了艺术和内容上的最高境界。王国维说，词至后主，境界才得以扩大。

公元 975 年，金陵陷落，李煜身着青衣小帽，手捧玉玺，出城投降。宋太祖下诏，合族进京候旨。动身那天，望着远去的金陵城阙，想到祖孙三代创立的江山在他手上永远不再，李煜写下了："最是仓皇辞庙日，教坊犹奏别离歌，垂泪对宫娥。"在汴京的两年，他天天以泪洗面，对故国充满眷恋。他把他的情、他的悲苦全都熔铸在诗词中。"独自莫凭栏。无限江山，别时容易见时难。流水落花春去也，天上人间。"

六

1368 年，朱元璋在金陵应天府称帝，明朝定都"应天"。

现南京的明孝陵，位于南京中山门外紫金山南独龙阜玩珠峰下，东毗中山陵，西临廖仲恺、何香凝墓，面向梅花山。始建于明洪武十四年（1381），至永乐十一年（1413）才结束。朱元璋 1398 年逝世后葬于此。由于朱元璋妻马皇后先葬于此，因皇后谥"孝慈"，故名"孝陵"。

明孝陵在古代的陵墓中很有特色。既因循前有神道，后有陵墓，封土起坟的传统格局，又有方城、明楼等宫殿建筑。特别是神道依梅花山绕行，石刻依地势布置，和历代的南北中轴不同。传说这和东吴孙权的墓有关。梅花山即孙权墓，旧称孙陵岗。明代建陵时，主持工程的大臣屡次建议迁走孙权墓，朱元璋说，孙权也是个人物，就留他给我守门吧。于是孙陵保留，神道绕行。

朱元璋死后，明成祖朱棣北迁，考虑到应天的特殊地位，将其定为"留都"。

七

1853年，太平天国定都南京，改名"天京"。

南京市长江路292号为太平天国天王府遗址，占地面积4.9万多平方米。明初是汉王府，清为两江总督署衙门。1853年，太平军攻进南京后，洪秀全在总督署衙门基础上扩建为规模宏大的天王府。府地范围东到黄家塘，南抵四条巷中段，西至碑亭巷，北达浮桥，宫城周围10余里，墙高数丈，内外两重。殿苑金碧辉煌，雕刻精巧。内城中轴线主要建筑有圣天门、二道门、金龙殿、穿堂、二堂等，两侧有花园，宫后还有后林苑。太平天国失败后，大部分建筑毁于战火。清军进城以后虽仍复建为两江总督署，但其规模大为缩小。现只保留有水池和石舫等遗迹，其他建筑如两厢、大殿、穿堂、暖阁等均为清末民初修建。

八

1911年，辛亥革命推翻了帝制。1912年元旦，中华民国成立，孙中山在南京就任中华民国临时大总统。1927年，国民政府定首都为南京。

南京中山陵，即中国民主革命先行者孙中山的陵墓。位于南京市东郊朝阳门外、紫金山中部小茅山南坡，坐北朝南，前临平川，背依青嶂，占地 8 万多平方米。孙中山于 1925 年 3 月 12 日病逝于北京，次年开始在南京建造陵墓。1929 年 6 月 1 日，孙中山遗体归葬南京。中山陵由浑然一体的一组建筑组成，从下至上依次为博爱坊、442 米墓道、陵门、碑亭、392 级石阶、4183 平方米平台、祭堂、墓室等。祭堂顶做穹隆状，中央供奉孙中山全身石雕坐像，四周壁上刻有孙中山革命事迹浮雕。墓室圆形，中央为大理石圹，直径 3.96 米，围以大理石栏杆，墓穴上置大理石棺，棺盖上仰卧着孙中山全身汉白玉雕像，下面安葬着孙中山的遗体。整个中山陵布局严整，气势雄伟，肃穆庄严，四周松涛起伏，景色秀丽如画。

1937 年 12 月 13 日，是南京人民、全中国人民，乃至世界人民都无法忘却的悲惨日子。这一天，日军占领了南京城，制造了惨绝人寰的大屠杀，30 多万中国人惨遭杀害。中国人民经过十四年抗战，赶走了侵略者。1946 年 5 月，国民政府胜利还都南京。

九

滚滚长江东逝水，浪花淘尽英雄。

1949 年 4 月 24 日，解放军渡过长江天堑，南京回到了人民手中。毛主席为此写下了《人民解放军占领南京》："钟山风雨起苍黄，百万雄师过大江。虎踞龙盘今胜昔，天翻地覆慨而慷。宜将剩勇追穷寇，不可沽名学霸王。天若有情天亦老，人间正道是沧桑。"

此后，南京的历史翻开了崭新的一页。

十里秦淮

春天的秦淮河，两岸梨花如雪，春草如烟，河上灯船穿梭，绿柳拂水。

秦淮河古称淮水，本名"龙藏浦"，全长约110千米，是南京市的母亲河。

相传春秋战国时代，七雄争霸。楚大败吴后，威王东巡吴地。见此地上空紫气东来，夹江两山虎踞龙盘，疑为帝王之气、龙兴之地。于是"凿方山，断长垅为渎，入于江"，以泄王气。渎即淮水。后人误以为淮水为秦始皇开凿，所以称"秦淮"。

对秦淮河的来历，《六朝事迹编类》载："淮水……分派屈曲，不类人工，疑非始皇所开。"地质、考古学者证实，秦淮河属自然河道，非人工所为。但仍不能排除其中某些地段为人工所开凿。

秦淮河的源头有两处，东部源头出自句容市宝华山，南部源头出自溧水区（今溧水区）东庐山，两个源头于方山埭交汇，从东水关流入南京城。入城后的秦淮河分内河和外河，内河由东向西横贯城区，长约4.20千米，所谓十里秦淮就是指这一段河流。外河在城南外绕行，是五代十国时开凿的护城河，过九龙桥向南转折向西，再经长干桥至觅渡桥，在西水关外与内河复合，合流后向北经石头城、三汊河汇入长江。

南京城头变幻的王旗，人世间轮替的治乱，都在秦淮河畔留下了深深的印记。

秦淮河北岸贡院街旁的夫子庙，始建于东晋成帝司马衍咸康三年（337）。根据王导提议"治国以培育人才为重"，立太学于秦淮河南岸。当年只有学宫，并未建孔庙。孔庙是宋仁宗景祐元年（1034）就东晋学宫扩建而成的。因为祭奉的是孔夫子，故又称夫子庙。

东晋时代，从东水关至西水关的沿河两岸，成为名门望族聚居之地。乌衣巷位于夫子庙旁，是一条幽静狭小的巷子，原为东晋名相王导、谢安的宅院所在地。据宋代《景定建康志》卷十六引《丹阳记》，此地原为三国吴乌衣营所在，因而得名。为纪念王导、谢安，在乌衣巷东曾建有来燕堂，堂内悬挂王导、谢安画像，成为仕子游人瞻仰东晋名相，抒发思古幽情的地方。

著名书法家王羲之、王献之也曾住在这里。秦淮河上的桃叶渡，据说就是王献之迎接其妾桃叶的渡口。王献之的爱妾桃叶与其妹桃根乘舟来到这里，王献之就到渡口迎接，并作《桃叶歌》相赠："桃叶复桃叶，渡江不用楫，但渡无所苦，我自迎接汝。"桃叶渡因王献之的风流故事吸引着一代又一代的文人墨客，又以其"桃叶映红花，无风自婀娜"的美景使人陶醉。

隋唐以后，秦淮河潮打空城，涛声寂寞，却引来无数文人骚客前来凭吊。李白《登金陵凤凰台》："凤凰台上凤凰游，凤去台空江自流。吴宫花草埋幽径，晋代衣冠成古丘。三山半落青天外，二水中分白鹭洲。总为浮云能蔽日，长安不见使人愁。"

杜牧夜泊秦淮，有诗写道："烟笼寒水月笼沙，夜泊秦淮近酒家。

商女不知亡国恨，隔江犹唱后庭花。"

刘禹锡游金陵，曾作《金陵五题》，其中《乌衣巷》："朱雀桥边野草花，乌衣巷口夕阳斜。旧时王谢堂前燕，飞入寻常百姓家。"

秦淮河流到明朝，再现柳暗花明。朱元璋定都南京后，乡试、会试都集中在江南贡院举行。江南贡院是夫子庙地区三大古建筑群之一，始建于南宋（1169），是县、府学考试场所。明成祖1421年迁都北京，但南京仍为陪都，而江南又是人文荟萃之地，考试仍在此按期举行。明清两代对贡院均有扩建，至同治年间，已建供考试用的"号舍"20644间，其规模之庞大，为当时全国23个行省的贡院之最。由于考生云集，这里集中了许多服务行业，酒楼、茶馆、小吃摊、青楼妓院应运而生。其时秦淮两岸，华灯灿烂，妆楼临水，秦淮河上"桨声灯影连十里，歌女花船戏浊波""画船箫鼓，昼夜不绝"。元宵节时，明太祖朱元璋甚至下令在秦淮河上放灯万盏，两岸观灯百姓人山人海。

现在位于秦淮河东部南岸的白鹭洲公园，在明朝永乐年间是开国元勋中山王徐达家族的别墅，即历史上曾极其辉煌的"东园"。东园在明朝徐达家族的十余座园林中，声名最为显赫，万历年间的文坛领袖王世贞认为其"壮丽遂为诸园甲"。该园成为园主与王世贞、吴承恩等许多著名文人诗酒欢会的雅集之所。明武宗南巡时，曾慕名到该园赏景钓鱼。

明朝末年，秦淮河两岸活跃着一批青楼女子，她们貌美才高，侠骨柔情，高风亮节，"秦淮八艳"是其杰出代表。

秦淮河南岸来燕桥南端，有一座三进两院式的明清建筑宅院，这是李香君故居——媚香楼。

李香君，明末清初的秦淮歌伎。李香君与复社领袖侯方域交往，嫁与侯为妾。侯曾应允为被覆社名士揭露和攻击而窘困的阉党阮大铖排解，香君让他严词拒绝。阮又强逼香君嫁给漕抚田仰当妾，香君以死抗争。此时正值马、阮大捕东林党人，侯等被捕入狱，香君也被阮选送入宫。清军南下之后，侯方域降顺了清朝。顺治十二年（1655）的暮春，满树的桃花已经凋谢，落红遍地。李香君悄悄地合上了那把题有侯方域诗句的扇子，凄切地收拾好行装，与过去诀别。她独自来到栖霞山下，在一座寂静的道观里，出家为道士。

在秦淮河畔还有柳如是与钱谦益的故事，董小宛与冒辟疆的故事，以及马湘兰、陈圆圆……

只是到了近代，由于战乱等，秦淮河水日渐污浊，两岸建筑多被毁坏，昔日繁华景象已不复存在。1923 年 8 月，朱自清和俞平伯同舟共游秦淮河，并且都以《桨声灯影里的秦淮河》为题写了一篇游记。他们在夫子庙登舟，溯流而上，到东水关转向北，出大中桥，一直到复成桥返回。在他们的文章中，没有"六朝烟月，金粉荟萃"的十里秦淮的描写，只有泛舟外秦淮河的桨声灯影，以及河上歌女的故事。

现在到南京旅游，秦淮河是必去的。经过修复的秦淮河风光带，除了上面提到的，还有"金陵第一园"瞻园、世界第一大瓮城中华门、《儒林外史》作者吴敬梓故居等景点，以及从桃叶渡至镇淮桥一带的秦淮水上游船和沿河楼阁景观，可谓融古迹、园林、画舫、市街、楼阁和民俗民风为一体。假如在这个莺飞草长、春和景明的日子里，泛舟十里秦淮，不知这小小灯船是否还载得动人们对秦淮风物的眷恋。

莫愁湖畔

南京莫愁湖，六朝时称横塘，湖面约 33.3 公顷。莫愁湖莲花十顷，引人入胜。湖边郁金堂悬挂着一首《河中之水歌》诗，是南朝梁武帝萧衍为莫愁女所作。

关于莫愁这个人，现今流传于世的有三个版本。

一是洛阳女儿莫愁。著名诗人李商隐有一首诗就是写她的："海外徒闻更九州，他生未卜此生休……如何四纪为天子，不及卢家有莫愁。"梁武帝的《河中之水歌》曰："河东之水向东流，洛阳女儿名莫愁。莫愁十三能织绮，十四采桑南陌头。十五嫁为卢家妇，十六生儿字阿侯。卢家兰室桂为梁，中有郁金苏合香。头上金钗十二行，足下丝履五文章。珊瑚挂镜烂生光，平头奴子擎履箱。人生富贵何所望？恨不早嫁东家王。"这里把莫愁女的籍贯、身世、家境都进行了叙述。

二是湖北郢州莫愁。生于公元前 3 世纪前后，貌美如仙，爱好歌舞。十六七岁时被楚顷襄王征进宫当了歌舞姬女。在楚王宫，得以与屈原、宋玉、景差结识并受其指导，歌舞技艺日进。后将古传高曲融屈原、宋玉的骚、赋和楚辞乐声，完成了将《阳春白雪》《下里巴人》《阳阿》《薤露》《采薇歌》《麦秀歌》等楚辞和民间乐诗人歌传唱的过程。曲高和寡的《阳春白雪》成为千古绝唱，对后世的乐赋入歌传唱产生了深远影响。后因未婚夫被放逐三吴扬州而投汉江，幸被渔夫救起，不知所终。

三是郢州石城莫愁。古城郢中在三国时曾为吴国石城戍，历代相沿遂称石城。郢州石城莫愁的史证十分丰富。南朝元嘉年间，臧质任竟陵郡守，称"余尝登石城，见群少年歌莫愁谣，因作《石城乐》《莫愁乐》，咏莫愁故事"。后晋刘昫《后汉书》和《旧唐书·乐志》均称："《莫愁乐》出于《石城乐》，石城有女子名莫愁，善歌谣，石城乐和中复有'莫愁'声，故歌云：莫愁在何处？莫愁石城西，艇子打两桨，催送莫愁来。"《舆地纪胜》云："莫愁村，在汉江之西，地多桃花，春末花落，流水皆香。"《容斋随笔》也云："莫愁者，郢州石城人，今郢有莫愁村。画工传其貌，好事者多写寄四远。"莫愁女的许多传说故事，也从西楚传播到东吴。《钟祥县志·古迹》载："莫愁村，在汉西二里，古汉水经城址，其西为村，为莫愁所居地，城北有湖，与村毗连，称莫愁湖。"

世人或以石城为今南京，是把"石头城"误为"石城"了。这个误会是周邦彦造成的，这位宋代诗人在《西河·金陵怀古》中写道："佳丽地，南朝盛世谁记……断崖树，莫愁艇子曾系。"词写得很美，但地点却搞错了。对于周邦彦的疏忽，南宋洪迈早就在《容斋随笔》中指出，"莫愁者，郢州石城人，今郢有莫愁村。……近世周美成（邦彦）乐府《西河》一阕专咏金陵，所云'莫愁艇子曾系'之语。岂非误指石头城为石城乎？"正是因为石城之名的误解，才有人把本为楚人的莫愁女误认为是吴人了。

梁武帝为什么要写这首诗，他与莫愁究竟发生了什么事，至今还是个谜。传说莫愁嫁为卢家妇，有一天梁武帝来到卢家，见莫愁花容月貌，楚楚动人，回宫后思念难忘，就想着怎样才能把莫愁收进宫中。于是，莫愁的丈夫被拉去当兵，卢员外也被害死，莫愁被征入宫。莫愁抵死不从，驾上小船，顺流而去。在她身后，便形成了一个大湖，长满了荷花，在风中频频摇首。后来，这湖就被命名为莫愁湖，而心怀愧疚的梁武帝便写下了这首纪念的诗歌。

夏日的莫愁湖，十顷莲花，翠盖红花，香风阵阵。湖边的郁金堂还挂有近代王湘绮先生的一副对联。上联是"莫轻她北地胭脂，看艇子初来，江南儿女无颜色"；下联是"尽消受六朝金粉，只青山依旧，看来桃李又芳菲"。

南京孔庙

南京孔庙，即夫子庙。夫子庙是一组规模宏大的古建筑群，主要由孔庙、学宫、贡院三大建筑群组成。

东晋成帝司马衍咸康三年（337），根据王导提议"治国以培育人才为重"，立太学于秦淮河南岸。

孔庙是宋仁宗景祐元年（1034）就东晋学宫扩建而成的。因为祭奉的是孔夫子，故又称夫子庙。在学宫的前面建孔庙，目的是希望士子遵循先圣先贤之道，接受传统教化。

古时候孔庙有一定的布局形式。由照壁、泮池、牌坊、聚星亭、魁光阁、棂星门、大成门、大成殿等建筑组成。一般前设照壁、棂星门和东西牌坊，形成庙前广场。夫子庙的大照壁位于秦淮河南岸，建于明万历三年（1575），全长110米，高20米，为全国保存下来的最大的照壁。按周礼"天子之学为雍，诸侯之学为泮"，夫子庙将秦淮河一段河道改造为泮池，从而成为中国孔庙中仅有的一座用天然活水当泮池的庙宇。泮池边的石栏为明正德九年（1514）所建。其东有魁光阁，其西有聚星亭。庙门前有"天下文枢"柏木牌坊一座，牌坊后面为棂星门，是丈余高石牌坊，六柱三门，中门刻有"棂星门"三字篆文。石牌坊之间的墙上嵌有牡丹图案的浮雕，柱头皆有云雕，形同华表。这是帝王朝圣祀孔的通道，非一般官员百姓所能出入。

入棂星门，迎面是大成门。孔子是中国古代文化的集大成者，此门因名"大成"。大成门东西两侧各有持敬门，在帝王时代，每逢朔、望（农历初一、十五）朝圣和春秋祭典，府县官员、教谕、训导等教官由大成门进，士子走持敬门，不得逾矩。门前石狮雄踞，门左右辟角门。门内两侧分列四块古碑：《孔子问礼图碑》，据说为南朝齐永明二年（484）遗物；《集庆孔子庙碑》，元至顺元年（1330）刻成；《封至圣夫人碑》，元至顺二年（1331）刻成；《封四氏碑》元至顺二年刻成。左右为两庑，外有走廊通正殿。

大成殿前院内植有银杏八棵，古灯对称有致，中间一条笔直的石砌甬道通向大成殿前的丹墀，此丹墀是祭孔时举行乐舞的地方。正中竖立一尊青铜孔子塑像，高4.18米，重2500公斤，是全国最大的孔子青铜像。两旁石阶分别侍立着高1.80米的孔子弟子颜回、子路等十二贤人的汉白玉雕像。

巍峨庄严的大成殿，重檐飞翘，斗拱交错，双重飞檐中海蓝色竖匾上三个金色大字"大成殿"，是姬鹏飞的手书。殿内正中悬挂一幅全国最大的孔子画像，高6.50米，宽3.15米。殿内陈设了仿制的2500年前的编钟、编磬等15种古代祭孔乐器，定期进行古曲、雅乐演奏，演出是反映明人祭孔礼仪的大型明代祭孔乐舞。大殿四周是孔子功绩图壁画，形神兼具。殿前两侧有廊庑相连，现为碑廊，墙上镶嵌陈列了当今名流的书法碑石30多块。

学宫位于大成殿后街北，原包括明德堂、尊经阁、青云楼、崇圣祠等古建筑。明德堂是学宫的主体建筑，科举时代秀才每月逢朔望都到这里听训导宣讲。1986 年，明德堂维修时又修复了两旁的"志道""据德""依仁""游艺"四斋。

堂后为尊经阁。尊经阁始建于明嘉靖年间，原为上下两层各 5 间，清嘉庆以后曾在此设尊经书院，楼上藏书，楼下讲学。1987 年重建的尊经阁有三层，高 18.7 米，重檐丁字脊歇山顶。底层辟为"秦淮彩灯馆"，二层为"秦淮文物古迹陈列室"，三层备有茶座，可供游人休息并眺望夫子庙全景。

孔庙院墙与学宫之间，东西北三面有宽畅的通道，曾种植几百棵柏树，古木参天，郁郁苍苍。那时，在庙外的文德桥上凭栏眺望，大成殿的黄色琉璃瓦屋顶在绿荫丛中显得金碧辉煌，雄伟壮观。

贡院位于学宫东侧，始建于宋乾道四年（1168）。它是当时建康府、县学考试的场所，范围甚小。明太祖朱元璋建都金陵，集乡试、会试于此，考生众多，不敷应用。明成祖永乐年间在此重新修建，贡院始具规模。虽永乐十九年（1421）成祖迁都北京，但此地仍为江南乡试所在地，清承明制，一如其旧。道光、同治时又重建扩建，其鼎盛时期仅考试的号舍就拥有 20644 间，加上官房、膳房、库房、杂役兵房等数百间，占地超过 30 万平方米，其规模之大、占地之广居全国各省贡院之冠。

贡院大门外东西有一对石狮子及两座石牌坊。门内轴线上有门三道，分别称"贡院""开天文运"及"龙门"。龙门后依次有明远楼、至公堂及戒慎堂。堂后有飞虹桥，是内外帘的分界线，桥之南属外帘。最后为衡鉴堂，是主考官阅考卷、评定名次的地方。考试期间内外帘分隔很严，不得擅自出入。整个贡院四周围以高墙。自光绪三十一年（1905）废科举后，贡院即闲置无用。民国七年政府决定拆除贡院，开辟市场，只保留了明远楼、飞虹桥和明远楼东西少数号舍及明清碑刻22平方米。

明远楼始建于明永乐年间，清道光年间重建。三层木结构建筑。底层四面为墙，各开有圆拱门，四檐柱从底层直通至楼顶，梁柱交织，四面皆窗。明远楼位于贡院中间，原是用来监视应试士子的行为和院落内执役员工有无传递关节的设施。"明远"是"慎终追远，明德归原"的意思。楼下南面曾悬楹联，是清康熙年间名士李渔所撰，并题："矩令若霜严，看多士俯伏低回，群嚣尽息；襟期同月朗，喜此地江山人物，一览无余。"从联中也可看出明远楼设置的目的和作用。贡院的大门上悬有横额"明远楼"三个金字，外墙嵌《金陵贡院遗迹碑》，记述了贡院的兴衰历史。明远楼内已辟为科举制度陈列馆——江南贡院历史陈列馆，展出了100多张反映中国科举制度的珍贵文献资料、图片，并按原样复建了40间号舍。原安放在贡院内的22平方米明清碑刻，现集中陈列于明远楼东西两侧，它是研究明清贡院建制沿革和科举情况的实物资料。

现在的夫子庙秦淮风光带，东起桃叶渡，西抵中华门1.8千米的秦淮河两侧，高低错落的河厅河房、歌楼舞榭，再现当年繁华；秦淮河上桨声灯影，画舫争流，充满诗情画意；临河的贡院街、东西市场，市声喧哗，古玩字画、花鸟鱼虫、传统食品和风味小吃应有尽有。每年农历正月初一至十八，夫子庙灯会人山人海。夫子庙被誉为秦淮名胜，成为古都南京的特色景观区，与上海城隍庙、苏州玄妙观和北京天桥并称中国四大闹市。

1991年，南京夫子庙被评为"全国四十佳旅游胜地"，成为享誉海内外的旅游胜地、文化长廊、美食中心、购物乐园。

中华门

南京中华门位于明代南京城正南，明洪武二年至洪武八年（1369—1375），在南唐都城江宁府和南宋陪都建康城南门旧址拓建而成，始称聚宝门，是中国古代军事防御性的建筑。门前后有内外秦淮河径流横贯东西，南边交通连接长干桥，北边连接镇淮桥，是南京老城城南交通咽喉所在。中华门瓮城是中国现存最大的城堡式内瓮城城门，也是世界上保存最完好、结构最复杂的古城堡式城门。

中华门在明代初年之所以被朝廷命名为聚宝门，传说这与沈万三的聚宝盆有关。江南富民沈万三，腰缠万贯，富可敌国。朱元璋要建南京城，沈万三就"助筑都城三分之一"，即现今南京城墙的中华门到水西门一段。在中华城门建造到一半的时候，突然发生地基下陷，以致整个城门楼倒塌。只得从头建造，可建造到一半时，地基又下陷，城门楼又倒塌。反复建造，依然建造不成。有人向朱元璋献策，说地基下面有怪物作祟，需要在地基下埋一个聚宝盆，加以镇压，就能保地基不下陷。朱元璋听说沈万三家有聚宝盆，立刻下旨征收。说也奇怪，将聚宝盆埋在地基下面后，地基果然没有再次下陷，城门也没有再倒塌。

《明史》里也有好几处提到沈万三，其中一处在马皇后的传记里：

吴兴（今浙江湖州）的富民沈秀，也就是沈万三，帮朱元璋修筑了三分之一的南京城后，又请求出资犒劳军队。朱元璋发怒说："匹夫犒天下之军，乱民也，宜诛之。"马皇后觉得有点过分，劝道："不祥之民，天将灭之。陛下何诛焉！"沈万三保住小命，被发配至云南，最后客死他乡。

中华门东西宽 118.5 米，南北长 128 米，占地面积 15168 平方米。共设三道瓮城，由四道券门贯通，首道城门高 21.45 米。二至四道辅助城门为二层结构，上面有木质城楼，下层为砖石结构。各门均有可以上下启动的千斤闸和双扇木门，现仅存闸槽和门位遗迹。瓮城上下设有藏兵洞 13 个，左右马道下设藏兵洞 14 个，可在战时贮藏军需物资和埋伏士兵，据估计可容纳士兵三千人。若是两军交战，可将敌军放入城门截为三段，"瓮中捉鳖"，分而歼之。中华门瓮城东西两侧筑有宽 11.5 米、长 86.1 米的马道，马道陡峻壮阔，是战时运送军需物资登城的快道，将领亦可策马直登城头。

中华门的兴建前后历时 21 年，采用巨型条石作为城门的地基，大块的城墙砖砌筑，黏合剂采用糯米汁、石灰、桐油拌和后砌成，非常坚固。砌城墙所用的大块城墙砖，每块长 40~50 厘米，宽 20 厘米左右，厚 10 厘米上下，每块重量 15~20 公斤不等。中华门的城墙砖，烧制技术的难度是相当大的，城砖的制作由京师工部、京师驻军及长江中下游的湖南、湖北、江西、京师四地共 125 个县承担，京师应天府以外制作的城墙砖烧成后由长江水路运送到京师，用来保证京师城墙建筑材料的供给。

建造南京中华门时，朝廷为保证城墙砖的质量，采取了严密的检验制度，每块砖上都在侧面印有制砖工匠和监造官员的姓名，一旦发现不合格制品，立即追究责任，这是世界上首次采用的质量追踪制度，欧洲等西方世界直到两三百年后的工业革命时代才有所采用。因为有严密的质量追踪制度，并能够严格地加以执行，所以应天府内城墙包括聚宝门城墙砖的质地非常过硬，尽管经历了朝代更迭、太平天国起义和抗日战争的激荡，直到600年后的现代，中华门依然保存完好。

民国时期，为了适应南京市的道路现代化建设和改造的需要，国民政府在原聚宝门的东西两侧开辟中华门东门和中华门西门，可以同时满足向南向北汽车的通行。中华门城门主楼牌匾上题刻有"中华门"三个字，由蒋介石题写。民国二十年（1931）国民政府改称聚宝门为中华门。

中山陵

　　中山陵是中国近代伟大的民主革命先行者孙中山先生的陵寝，位于南京紫金山南麓钟山风景区内，前临平川，背拥青嶂，东毗灵谷寺，西临明孝陵。整个建筑群依山势而建，由南往北沿中轴线逐渐升高，融汇中国古代与西方建筑之精华，庄严简朴，别具一格。从空中往下看，像一座平卧在绿绒毯上的"自由钟"。

　　1925 年 3 月 12 日上午 9 点 30 分，孙中山先生因患胆囊癌在北平（今北京）铁狮子胡同行辕与世长辞，举国悲痛。1925 年 4 月 4 日，在北平的国民党中央执行委员推举张静江、汪精卫、林森、于右任等 12 人为丧事筹备委员，负责孙中山的丧事工作。据记载，从 1925 年 4 月 18 日到 1929 年 6 月 18 日，丧事筹备委员会一共召开了 69 次会议，诸如孙中山先生的丧事经费（包括陵墓工程经费）的筹集、中山陵设计图案的征求、陵墓工程承包人的选定、中山陵园的造林和绿化以及孙中山先生的灵柩由北京迎归南京安葬等事宜，曾多次经丧事筹备委员会详加讨论，做出决定，付诸实施。

　　中山陵是通过悬奖征求陵墓设计图案，在 40 余份应征图案中，采用了吕彦直设计的陵墓图案。

吕彦直设计的图案，平面呈警钟形，寓有"唤起民众"之意；祭堂外观形式给人以庄严肃穆之感；整个建筑融汇中国古代建筑风格，又汲取西方建筑艺术，既庄严简朴，又别具一格。中山陵的建筑剔除古代帝陵的神道石刻，保留了"牌坊""陵门""碑亭""祭堂""墓室"。

南洋大学校长凌鸿勋在评判报告中称赞吕彦直的设计图案"简朴浑厚，最适合于陵墓之性质及地势之情形，且全部平面做钟形，尤有木铎警世之想"。

陵墓工程于1926年1月15日正式破土动工。

1929年3月18日，被聘请为陵墓总建筑师的吕彦直，因主持建造中山陵积劳成疾，中山陵墓工程还未告成，就患肝癌不幸逝世，年仅36岁。

1929年6月1日，中华民国国民政府举行了奉安大典，将孙中山的遗体迁葬于南京钟山。

1931年，全陵工程次第落成，面积共8万余平方米。

现在，让我们由南向北，怀着无限崇敬之情，瞻仰这座安息着历史伟人孙中山先生的中山陵。

博爱坊，矗立于墓道南端的入口处。整座牌坊，都带有浓厚的中国传统风格。牌坊高11米，宽17.3米，三间四柱冲天式。牌坊的顶端，盖有蓝色琉璃瓦。四根石柱的柱脚前后，夹抱鼓石，柱底是长方形的大石座。牌坊上刻有莲瓣、云朵等图案。在牌坊中门的横楣上，镶有石额一方，镌刻孙中山的手书"博爱"二字。

登上20级花岗石台阶，方才到达陵门。陵门建筑在中山陵中轴线上的正中，门前是一块宽阔的水泥平台，能容纳1万多人。平台两侧是绒毯般的草坪。在左右草坪上，是互相对称的10棵四季常青的黄杨球和 6 株名贵的千头松。陵门的外面，两边有半环形的石拥壁，与陵墓的围墙相连，把中山陵墓拱卫在里面。陵门的平面为长方形，宽 24 米，进深 8.8 米，高 16.5 米，仿中国古代传统的木结构形式，全部用花岗石建成，其斗拱、梁、枋等处的图案花纹，均雕刻得十分精致。陵门的屋顶为单檐歇山式，上覆蓝色琉璃瓦。陵门有三个拱门，中间较大，两边稍小。南面三扇门都有梅花空格仿紫铜双扉，北面三扇门则仅有门洞。南面正门的上方，镶有一方石额，上刻"天下为公"四个镏金大字。这是孙中山的手书，端庄朴实，雄迈俊逸。

碑亭建在陵门后面第二层平台上，以花岗石建造，重檐歇山顶，上覆蓝色琉璃瓦，为仿古木结构形式，高 17 米，宽 12.2 米。碑亭中的墓碑高 9 米，是用一块重达几十吨的巨大花岗石雕琢而成。墓碑碑文由谭延闿书写，自右至左竖刻三行镏金碑文："中国国民党葬总理孙先生于此，中华民国十八年六月一日。"字为颜体，笔画流畅，结构严谨，雄健有力。

石阶是中山陵建筑中的重要组成部分，它把牌坊、陵门、碑亭、祭堂有机地连接在一起，形成了庄严雄伟的"警钟形"整体。中山陵的设计者和建筑者，巧妙地把 392 级石阶分成 10 层平台，这种布局，独具匠心，颇有特色。由下向上仰视，只见台阶，而不见平台；但从上向下俯视，只见平台，而不见台阶。从第七层平台继续攀登 30 级、42 级、54 级石阶，分别到达第八、第九、第十层平台。这里已接近陵墓，坡度较陡，更加突出了祭堂和陵墓的雄伟气势。

祭堂为中山陵主体建筑，位于海拔高度 158 米，东西宽 137 米，南北深 38 米的第十个大平台上，处在山顶最高峰。祭堂汲取中国传统陵墓布局的特点，采取中轴线对称的布置方式，蓝色屋顶灰白色墙身。祭堂长 28 米，宽 22.5 米，高 26 米，堂的外部全部用香港花岗石砌成。祭堂三座拱门为镂花紫铜双扉，门楣上分刻"民族""民生""民权"字样，由张静江书写六个镏金篆字，在中门上嵌孙中山手书"天地正气"四个镏金大字。

祭堂中央供奉孙中山坐像，高 4.6 米，是世界著名雕塑家保罗·朗特斯基在法国巴黎用意大利白色大理石雕刻而成。孙中山先生身着长袍马褂，方额广颐，手持一本长卷，目光深邃，凝视前方。底座镌刻六幅浮雕，是孙中山从事革命活动的写照。祭堂东西护壁大理石上刻着孙中山手书的遗著《国民政府建国大纲》。堂后有墓门二重，两扇前门用铜制成，门框则以黑色大理石砌成。上有孙中山手书"浩气长存"横额。二重门为独扇铜制，门上镌有"孙中山之墓"五字。

进门为圆形墓室，直径 18 米，高 11 米。墓室在海拔 165 米处，与起点平面距离 700 米，上下落差 73 米。顶部用彩色马赛克镶嵌成国民党党徽，地面用白色大理石铺砌。中央是长形墓穴，上面是孙中山汉白玉卧像，是捷克雕刻家高祺按遗体形象雕刻的。下面是一具美国制造的铜棺盛殓着孙中山的遗体。墓穴直径 4 米、深 5 米，外用钢筋混凝土密封。瞻仰者可在圆形墓室内围绕汉白玉栏杆俯视灵柩上的卧像。

祭堂前面东西两侧，矗立着一对高大的华表，是用福建花岗石雕琢而成的。华表高 12.6 米，下部直径 2 米，上部直径 1 米。华表的断面为六角形，六面均饰浮雕卷云纹。两侧石座上，各置紫铜带盖的铜鼎一尊。华表与铜鼎，把祭堂衬托得更加宏伟壮丽，又增添了肃穆和寄托哀思的气氛。

山风猎猎，松涛阵阵。似乎是自由钟的鸣响，其声洪亮，山谷震荡。"革命尚未成功，同志仍需努力！"

玄武湖

　　玄武湖公园位于南京市玄武区，东枕紫金山，南依北极阁，西靠明古城，北临南京站。沿湖名胜古迹众多，巍峨的明城墙、秀美的九华山、古色古香的鸡鸣寺环抱左右。它是中国最大的皇家园林湖泊，也是中国仅存的江南皇家园林和江南地区最大的城内公园，被誉为"金陵明珠"，与杭州西湖、嘉兴南湖并称"江南三大名湖"。

　　玄武湖古称桑泊。原来只是一块沼泽湿地，湖水来自钟山北麓。因为玄武湖位于燕雀湖和宫城之北，故又名"后湖"或"北湖"。秦始皇灭楚后改金陵为秣陵县，玄武湖更名为秣陵湖，又因汉时秣陵都尉蒋子文葬于湖畔，遂名"蒋陵湖"。传说刘宋元嘉二十五年（448）湖中两次出现"黑龙"，因为"玄"是黑色的意思，因而又改称为玄武湖。

　　大约从东晋开始，玄武湖已经得到多次整治与建设。玄武湖在六朝时面积比现在要大2倍左右，而且直接与长江相通，湖中可以当作水军的训练场所。六朝时期玄武湖被辟为皇家园林，特别是南朝时期，皇朝在玄武湖中及周边大兴园林，区域内先后有过上林苑、华林苑、乐游苑等皇家园林。南唐大臣冯谧贪恋湖中"名目胜境，掩映如画"，而向皇帝提出将湖赠给他为私园的请求，此事因遭到徐玄的阻止才作罢。唐李商隐《南朝》："玄武湖中玉漏催，鸡鸣埭口绣襦回。谁言琼树朝朝见，不及金莲步步来。"描绘的便是玄武御花园林纸醉金迷的生活情景。唐朝诗人来到金陵，凭吊六朝的兴亡，成了唐诗的一个主题。李白《金陵》："地拥金陵势，城回大江流。当时百万户，夹道起高楼。亡国生春草，离宫没古丘。空余后湖月，波上对江州。"韦庄《台城》："江雨霏霏江草齐，六朝如梦鸟空啼。无情最是台城柳，依旧烟笼十里堤。"台城位于玄武湖西南，为明城墙的一部分，风景十分秀丽。

玄武湖曾两度遭到浩劫，一次发生在隋文帝灭南陈之后，曾下令将南京城夷平，玄武湖因此首度消失200多年。宋神宗时，王安石调任江宁府尹，搞了一个"废湖还田"。王安石《忆金陵》："覆舟山上龙光寺，玄武湖上五龙堂。想见旧时游历处，烟云渺渺水茫茫。"玄武湖"烟云渺渺水茫茫"已成旧时之景。南京城因此常遇雨成灾，元朝疏浚之后获得改善。

明洪武初年，玄武湖成为贮存全国人口、田亩档案的"黄册库"，禁止民众入内，时人无奈写诗说："为贮版图人罕到，只余楼阁夕阳低。"

以后，明城墙建到了钟山脚下和玄武湖南岸、西岸一侧，使钟山、玄武湖与主城区及覆舟山、鸡笼山之间多了一道屏障，彻底改变了六朝以来南京城北部山水相连的视觉景观，同时也阻断了玄武湖此前与长江的连通，使玄武湖的水面进一步缩小。

清朝时，玄武湖不再作为皇家禁区。玄武湖也逐渐变成百姓耕猎之所。1909年，清政府在南京筹办"南洋劝业会"，两江总督端方决定把玄武湖开辟为对社会开放的公园。为方便游人入园，湖西打破城墙辟建"丰润门"，1931年改称"玄武门"。

新中国成立以后，人民政府对玄武湖进行了大规模的扩建改造，迁出湖民，广植花草，多增景点。2005 年年底，玄武湖公园获得国家AAAA 级旅游景区称号。2010 年 10 月 1 日起，玄武湖公园免费开放。

当今的玄武湖湖岸呈菱形，周长约 10 千米，占地面积 502 公顷，水面约 378 公顷。湖水深度 3 米，湖内养鱼、种植荷花，湖边杨柳轻垂，夏秋两季，湖面一片碧水，粉红色荷花掩映其中，满湖清香，景色迷人。湖中分布着各具特色的五块绿洲，五洲之间，桥堤相通。

环洲，因洲形屈曲、环抱樱洲而得名，素有"环洲烟柳"之称，童子拜观音石、郭璞亭以及莲花广场坐落于此。

樱洲，因昔日樱桃遍布洲上，曾为宫廷贡品而得名。樱洲花繁叶茂，形成"樱洲花海"的盛景。

梁洲，因传说梁昭明太子曾在此建有"梁园"，故称梁洲。每年一度的菊展均在此举行。湖神庙、览胜楼、友谊厅、明代黄册库遗址文化展馆等古迹新景均汇集于此。

菱洲，因这里多产菱角，故名菱洲，自古有"菱洲山岚"之美名。

翠洲，洲上遍布修竹和雪松，故名翠洲。翠洲的苍松、翠柏、嫩柳、淡竹，构成了"翠洲云树"的特色。

环湖还有玄武晨曦、北湖艺坊、玄圃、玄武烟柳、武庙古闸、明城探幽、古阅武台等景点。

宋人欧阳修曾写道"金陵莫美于后湖，钱塘莫美于西湖"。一年四季，湖上轻舟荡漾，湖畔游人如织。

雨花忠魂

一

雨花台风景名胜区位于江苏省南京市中华门南 1 千米处，占地面积153.7 公顷，是一座松柏环抱的秀丽山岗，高约 100 米，长约 3.5 千米，顶部呈平台状，由多个山岗组成。现为全国重点文物保护单位、爱国主义教育示范基地、国家首批 AAAA 级旅游景区和百家红色旅游经典景区，是一座以自然山林为依托，以红色旅游为主体，融自然风光和人文景观为一体的全国独具特色的纪念性风景名胜区。

从公元前 1147 年泰伯到这一带传礼授农算起，雨花台已有 3000 多年的历史。公元前 472 年，越王构筑"越城"，雨花台一带就成为江南登高览胜之佳地。三国时，岗上遍布五彩斑斓的石子，又称石子岗、玛瑙岗、聚宝山。

南朝梁代以后流传"梁武帝时有云光法师讲经，感动上天，天花纷纷坠落"的神话故事。北宋大观年间，吏部侍郎卢襄根据雨花的传说给云光法师讲经处命名为"雨花台"。

雨花台还是历代文人墨客乃至帝王将相吟咏之地，从李白、王安石、陆游、朱元璋、康熙、乾隆到鲁迅、田汉、郭沫若、刘海粟，都留下了吟咏雨花台的优美诗篇。由于雨花台是南京城南的一处制高点，成为历代兵家必争之地。东晋豫章太守梅颐曾在此抵抗外族入侵，南宋金兵入侵，抗金名将岳飞在此痛击金兵；此后的太平天国天京保卫战、辛亥革命讨伐清兵、抗日战争"首都保卫战"，都曾在此掀起连天烽火，雨花台也因此逐渐荒芜。

1927 年以后，雨花台沦为国民党统治者屠杀共产党人和革命志士的刑场。在这里遇难的共产党人和革命群众达 10 万之多。新中国成立后，党和政府决定在此兴建雨花台烈士陵园。

二

雨花台烈士陵园位于江苏省南京市雨花台丘陵中岗，是新中国规模最大的纪念性陵园，面积 1.13 平方千米。陵园包括雨花台主峰等 5 个山岗，以主峰为中心形成南北向中轴线，自北向南有北大门、烈士就义群雕、革命烈士纪念碑、雨花台烈士纪念馆、忠魂亭、南大门以及西殉难处烈士墓群、东殉难处烈士纪念亭等。

走进雨花台陵园北大门，迎面耸立着一座赭色花岗岩烈士就义群雕。群雕由 179 块花岗石拼装而成，总重量约 1300 吨。雕像高 10.03 米、宽 14.2 米，主题突出，层次分明，上实下虚。

群雕由党的工作者、知识分子、工人、农民、战士、学生等 9 位烈士形象组成，雕像充分表现了烈士们临刑前大义凛然、视死如归的浩然正气。它是雨花台烈士陵园的标志。

沿群雕两侧的环陵大道可直达雨花台主峰，主峰上矗立着雨花台烈士纪念碑。纪念碑由两层平台托起，有 100 级台阶，在设计师的设计思想中，沿着石阶走向纪念碑，就是在走向崇高的精神境界。纪念碑高42.3 米，隐喻南京在 1949 年 4 月 23 日解放。碑取中国传统的竖式造型，有碑额、碑身、碑座。碑额是抽象了的屋顶，如红旗、似火炬。碑身正面是邓小平手书的"雨花台烈士纪念碑" 8 个镏金大字，背面是江苏省人民政府、南京市人民政府撰写的碑文，由武中奇书写。碑座前矗立着一座以"坚贞不屈"为主题的青铜圆雕，再现了烈士宁死不屈的英雄形象。纪念碑由中国工程院院士、东南大学教授齐康设计。

纪念碑廊位于纪念碑护墙内侧，东西各 90 块黑色磨光花岗岩石壁上镌刻了由国内 36 名书法家书写的《共产党宣言》《马克思主义的三个来源和三个组成部分》《新民主主义论》3 篇马克思主义经典著作。

雨花台烈士纪念馆建在纪念碑南边的山岗上。长 94 米，宽 49 米，主堡高 26 米，建筑面积 5900 平方米。这座古朴典雅的雨花台烈士纪念馆，是由著名建筑大师杨廷宝先生生前设计。纪念馆建筑平面呈"凹"字形，是一座具有民族风格的现代建筑。屋顶采用中国传统古建筑的重檐形式，轮廓简洁而庄重。屋面是白色琉璃瓦，白色马赛克饰面的外墙，白色大理石窗框以及白色栏杆，使整个建筑呈现出浑然一体的白色，与馆周围的绿色树林形成鲜明对比，在阳光下显得分外巍峨壮丽。馆门庭南北两面均雕有"日月同辉"花岗石浮雕，门庭南上方刻有邓小平手书的馆名。1988 年，纪念馆建成对外开放。纪念馆内陈列着1000 余件烈士遗物、450 幅珍贵图片和恽代英、邓中夏等 127 位烈士的事迹和文献资料。

位于雨花台中心纪念区最南端的忠魂亭，1996 年，由南京市 30 万共产党员捐资建造，为尖顶方形四门的钢混结构。"忠魂亭"三字由江泽民题写。整体建筑由忠魂亭及忠魂广场、思源池和《忠魂颂》浮雕构成。

忠魂广场位于忠魂亭与纪念馆之间，占地面积约 3000 平方米。金刚砂石铺就的地面厚重坚韧，突出了忠魂亭深沉壮观的氛围。思源池在忠魂亭北坡和忠魂广场南缘间，长 20 米，宽 15 米，深 1.5 米。寓意"不忘先烈，永志纪念；饮水思源，代代相传"。主题为"狱中斗争"和"刑场就义"的忠魂颂浮雕，长 20 米，高 3 米，立于思源池东西两侧。《国际歌》和《国歌》照壁位于思源池南北两端，花岗石质地，分别用汉、蒙、藏、维、壮 5 族文字镌刻。

雨花台烈士陵园的设计者，巧借自然山水的形势结构布局，把建筑与四周的山冈，汇合成了一个富有情感表达的纪念空间，历史、建筑与自然在这里达到了和谐完美的统一，就像是一首用建筑的语言写就的壮丽诗篇。

三

雨花台风景名胜区由烈士陵园区、名胜古迹区、雨花石文化区、雨花茶文化区、游乐活动区和生态密林区六大功能区组成。近年来，新建复建了雨花阁、二忠祠、木末亭、乾隆御碑亭、方孝孺墓、辛亥革命人马冢、甘露井、曦园、怡苑、梅岗等 20 余处名胜古迹和楼台亭阁馆。

清"金陵四十八景"之一的雨花阁，坐落在古雨花台遗址上。雨花台于北宋末年始有建筑物，至晚清建云光寺，后毁于兵燹。1997 年复建的雨花阁，阁叠三层，檐卷四重。内厅有巨幅云光法师说法瓷砖画，追寻雨花台历史源头。内存一尊讲经石座，四周散缀 99 粒雨花石，营造出云光法师讲经讲得天花飘洒的场景，讲经石座后墙上，悬挂 30 米长《法显和尚西天取经画卷》，详细地描述了比唐僧西天取经早 300 年的法显和尚到西天取经、在雨花台译经的全过程，凸现了雨花台千年历史的丰厚底蕴。外阁环以南郊名胜图，陈列文物古玩仿古器物。

甘露井，始建于西晋，距今已有 1600 多年的历史，因水质清纯甘甜，被人誉为"甘露"。1997 年，雨花台风景区建甘露井亭于其上。亭呈八角，秀亭空透，古朴典雅，别具一格，亭顶部开有"天井"，与古井水面相辉映，形成"坐井观天，井天一色"的独特景观。

雨花台在历史上就是一个掩埋忠骨的地方。南宋抗金将领杨邦乂，拒不降金，被金人在雨花台下剖腹取心，宋高宗赐谥号，建"褒忠祠"。150 年后，抗元将领文天祥，兵败被俘，在押解大都（现北京）的途中经过建康（南京），在《怀忠襄》一诗中表达了对杨邦乂的敬仰之情和自己的殉国之志。文天祥殉难后，人们在"褒忠祠"附祀他，遂改名"二忠祠"。1998 年，复建二忠祠，其主体建筑为九檩举架单檐歇山仿古寺院建筑。祠宽 15 米，进深 10 米，屋面正脊高 9.9 米。祠堂正门 25 米处砌筑了硬山式折线形照壁，长 6.88 米，武中奇书写的文天祥的《正气歌》篆刻在黑色磨光花岗岩上。

乾隆帝曾先后六次到江南巡游，在驻跸南京时，三到雨花台游览并题诗。乾隆御碑即为三次题诗的诗碑。碑高 2.55 米，宽 0.8 米，厚 0.21 米。碑额刻有二龙戏珠图案，碑身正面为乾隆十六年（1751）游雨花台所题之诗。诗曰："崇岗跋马晚春情，凭览遗台触概情。便果云光致花雨，可能末路救台城。"碑背面为乾隆三十年（1765）所题之诗："闻道文枢问病由，雨花摩诘座无留。法师便果诚能致，已落人间第二筹。"1997年，雨花台风景区在其上建四角亭，供人们游览休憩，并在旁边开辟了雨花喷泉，游人坐亭观景，顿感清新爽快，如沐春风，似饮甘露。

有联云："六朝雨花凝天地神韵，一部青史铸千秋圣台。"

如今，这里有气势雄伟全国规模最大的烈士纪念建筑群，历史悠久的名胜古迹，郁郁葱葱的山林，四季应时的花草，以及驰名中外的雨花石和遐迩闻名的雨花茶等，已成为融教育、旅游、休闲、服务为一体的多功能风景名胜区。

民族之殇

1937年12月至1938年1月，侵华日军制造了惨绝人寰的南京大屠杀，杀害无辜平民和俘虏士兵达30万。这里是南京大屠杀江东门集体屠杀地及遇难者丛葬地，曾经血流成河，尸骨累累，惨不忍睹。

现在一座灰白色的建筑在此地高高矗立，这就是"侵华日军南京大屠杀遇难同胞纪念馆"，馆名为邓小平手书。馆址是南京市建邺区水西门大街418号。

纪念馆第一期工程于1985年8月15日建成开放，以后又进行了第二、三期工程。现占地面积12万平方米，建筑面积11.5万平方米，展陈面积近1.8万平方米，馆藏文物史料20余万件。

纪念馆分展览集会区、遗址悼念区、和平公园区和馆藏交流区等4个功能性区域。

展览集会区分为集会广场和史料陈列厅。

集会广场上，有主题雕塑——冤魂呐喊、外形如十字架并在上部刻南京大屠杀事件发生的时间的标志碑、"倒下的300000人"的抽象雕塑、"古城的灾难"大型组合雕塑及和平鸽、和平大钟等。

在史料陈列厅里，有基本陈列和专题陈列。基本陈列为侵华日军南京大屠杀史实展——人类的浩劫。主要展示 1937 年 12 月至 1938 年 1 月的南京大屠杀史实，以大量的珍贵历史照片、实物和影像资料，翔实地揭露了日军在南京犯下的滔天罪行。展示由 5 个部分组成，分别是南京沦陷前的形势、日军入侵南京与中国守军南京保卫战、南京——人间地狱、国际安全区和难民营、对制造南京大屠杀的日本战犯审判。其中第三部分展示日军占领南京后，就制造极端恐怖，纵兵滥杀无辜，屠杀无辜平民和俘虏士兵达 30 万人以上。日军还大规模地进行焚烧和破坏，南京三分之一的建筑被烧毁。古都南京遭受了一场空前浩劫，宛如人间地狱。

专题陈列为"万人坑"遇难同胞遗骸陈列。在外形为棺椁状的遗骨陈列室里陈列着 1985 年建馆时，从纪念馆所在地的江东门"万人坑"中挖出的部分遇难者遗骨。1998 年 4 月以后，又从该馆所在地的江东门"万人坑"内新发掘出 208 具遇难者遗骨，这批万人坑遗骨经过法医学、医学、考古学、历史学者的严格鉴定，被确认为南京大屠杀遇难者遗骨，是侵华日军南京大屠杀暴行的铁证。

遗址悼念区由悼念广场、墓地广场组成。

在悼念广场有"古城的灾难"大型组合雕塑、"历史证人的脚印"铜版路、《狂雪》诗碑墙、用中英日三国文字镌刻的"遇难者 300000"的石壁、邓小平手写馆名、大型石雕"母亲的呼唤"和"万人坑"遗址陈列等。

墓地广场有鹅卵石、枯树和沿院断壁残垣上的三组大型灰色石刻浮雕《劫难》《屠杀》《祭奠》及院内道路两旁的 17 块小型碑雕，这是全市各处集体屠杀所立遇难者纪念碑缩影和集中陈列，还有遇难者名单墙、赎罪碑、绿树、草坪等诸多景观，构成了以生与死、悲与愤为主题的纪念性墓地的凄惨景象。

和平公园区以和平为主题，是世界各国人民进行和平交流的重要场所。包含和平公园、汉白玉雕塑《和平》、紫金草花园、日本友人植树林等。

三期新馆建在和平公园区。特别引人注目的是面积约8000平方米，可以同时容纳1万人集会的胜利广场。广场又被称为"九九广场"，因为1945年9月9日，中国战区的日本投降仪式在南京举行。广场呈椭圆形，寓意抗日战争胜利，代表着圆满。

广场并不是平的，广场的外围被抬高，抬高的广场下是展示馆。沿广场两侧的坡道向上是展示馆的屋顶公园，约8000平方米，有石凳可供参观者休憩。胜利广场和屋顶公园是完全开敞式的，全天对外开放，成为周边居民的绿色休闲空间。

沿着胜利广场围成了半圈的铁红色墙体，是"胜利之墙"。最顶端是一个类似"7"字形的标志物，是凤凰的头部，后面的墙体是身体和尾巴，象征着凤凰浴火重生，而铁红色也代表着十四年抗战的血与火。这面胜利之墙一直延伸到广场下的展示馆内。

胜利之墙后面就是胜利之路，道路首先下沉进入两片高墙之中，随着坡道逐渐上升，视野越来越明朗。最终走到胜利之路的制高点，这里设置有火炬台。据悉，这里平时有两束灯光打入空中，而遇到重大的活动，火炬台上的"胜利之火"将熊熊燃起。

三期新馆一共分为三层，展览在负一层和一层。而建筑呈现东高西低的特色，东侧最高也就在12~13米。胜利之路的火炬台略高，为16米。而建筑最有特色的是它四周全由灰色立柱支撑。灰色立柱与中间的椭圆广场代表着"万众一心"，而建筑东面恰巧有77根立柱，象征着中华民族全面抗战的起点"七七事变"。

序厅位于展示馆中心，是一个直径为20米左右的椭圆柱体。参观者先乘坐横穿序厅的自动扶梯，来到负一层开始参观。馆里布置的展览名为"中国战区反法西斯战争胜利暨审判日本战犯史实大型主题展览"，包括抗战胜利、受降、审判战犯、战后国际秩序等内容，用1000多张图片展示了这一段历史。除了图片外，还有一些征集文物，如江苏仪征发现的侵华日军河用炮艇、从云南征集来的盟军军用吉普车等一批展品。

新馆负一层展出南京艺术学院创作的大型油画作品《审判战犯》。这幅作品长8米、宽3.3米，以1947年2月中国政府公开审判侵华日军乙级战犯为内容，塑造了包括中国法官、证人、社会各界群众、日本战犯在内的401个人物形象，展现了法庭的重要物证，如遇害同胞的头骨遗骸、勘验笔录等资料。

馆藏交流区是融馆藏、交流、办公为一体的综合功能区域，其主要设施有学术报告厅、图书馆、特藏库等。

2016年12月13日，在集会广场举行了日军大屠杀遇难同胞国家公祭。全城鸣起警报，撞响和平大钟，放飞和平鸽，发表《和平宣言》："前事不忘，后事之师，殷忧启圣，多难兴邦"，"和平发展，时代主题，民族复兴，世代梦想。龙盘虎踞，彝训鼎铭，继往开来，永志不忘"。声震大地，响彻长空。

南京云锦

一

南京云锦是中国传统的丝制工艺品，元明清三朝均为皇家御用贡品，被誉为东方瑰宝、中华一绝。清朝诗人吴梅村赞曰："江南好，机杼夺天工，孔雀妆花云锦烂，冰蚕叶凤雾绡空，新样小团龙。"

在丝织物中"锦"是代表最高技术水平的织物，云锦因其色泽光丽灿烂，美如天上云霞而得名。南京云锦名列中国四大名锦——南京云锦、成都蜀锦、苏州宋锦、广西壮锦之首。其用料考究，织造精细、图案精美、锦纹绚丽、格调高雅，代表了中国丝织工艺的最高成就，是中国丝绸文化的璀璨结晶。

二

南京云锦的产生和发展与南京的城市史密切相关，南京丝织业最早可追溯到三国东吴（229—280）时期。

东晋（317—420）末年，大将刘裕北伐，灭秦后，将长安的百工全部迁到国都建康（今南京），其中织锦工匠占很大比例。公元417年在建康设立专门管理织锦的官署——锦署。此为南京云锦正式诞生的标志。

经过宋、元时期的发展，至明、清时期，其生产规模与质量水平达到鼎盛。

清代在南京设有"江宁织造署"，《红楼梦》作者曹雪芹的祖父曹寅，就曾任江宁织造20年之久。这一时期的云锦品种繁多、图案庄重、色彩绚丽，代表了历史上南京云锦织造工艺的最高成就。全城有织机3万多台，秦淮河一带机户云集，机杼声彻夜不绝。

在秦淮河新桥西北端，有一条仙鹤街。其街名的由来，有一个动人的民间传说。很早以前，这一带住着许多人家，大多以织造云锦为生。有一户人家的母子二人，心灵手巧，靠向东家领取织锦材料织造云锦艰难度日，还经常用微薄的收入救济穷人。天上的七仙女被母子俩的勤劳善良所感动，派了两只美丽的仙鹤下凡，飞到母子俩的织机前绕了几圈。从此，织机上每天都会源源不断地出现织锦材料。母子俩再也不用向东家领材料了，日子也渐渐好过起来。东家见他们不来领用材料，织的云锦也比原来更漂亮，十分奇怪，便派人前来探访。母子俩把仙鹤飞来之事如实告人。东家得知消息，就想把织机占为己有。他带着几个家丁来到母子俩家中，编造母子俩欠债须用织机抵偿的谎言。正当家丁一哄而上要搬走织机时，突然从屋外飞进一对仙鹤，上来一顿猛啄，啄瞎了东家的眼睛，啄得家丁落荒而逃。以后，人们便把这条街称作仙鹤街。

新中国成立后，党和政府对南京云锦这一宝贵的中国经典传统丝制工艺极为重视。1956 年毛主席、周总理先后指示，要把云锦工艺继承下来，发扬光大。

1957 年建立"南京云锦研究所"。从 20 世纪 70 年代开始，经科研人员的努力，濒临消亡的云锦织造工艺逐渐恢复，获得生机。收集整理了云锦图案和画稿，征集收藏了 900 多件云锦实物资料。恢复了失传多年的传统品种妆花罗、妆花纱、妆花绸、双面锦、凹凸锦等。复制了汉代的"素纱禅衣"、宋代"童子戏桃绫"、明代"妆花纱龙袍"等珍贵文物。

2004 年成立南京云锦博物馆。

2005 年 12 月南京云锦成为国际权威组织承认的国际地理标志产品。

2006 年 5 月南京云锦"木机妆花手工织造技艺"经国务院批准列入第一批国家级非物质文化遗产名录。其代表性传承人有南京云锦研究所的朱枫、周双喜，以及江苏汉唐织锦科技的金文。省级传承人有邬悉尔。

2009 年 9 月南京云锦成功入选联合国教科文组织《人类非物质文化遗产代表作名录》。

三

南京云锦艺术造型华美、色彩和谐艳美、图案纹样奇美、织造技艺精美，文化内涵丰富，挺括不变形，气质高雅，华贵庄重。

南京云锦主要品种有妆花、织金、金宝地、织锦四种。其中最有特色的是"织金"和"妆花"。

织金，是用金线织成花纹。将真金打成金箔，再割成丝，捻成金线。大量金线的运用，自然使云锦看上去金碧辉煌。

妆花，是用特有的挖花妆彩工艺织造。通经断纬，挖花盘织，用色多，配色自由。妆花工艺不仅可以制造成匹布料，还可以织成整体统一、完美和谐的成衣。

云锦用老式提花木机织造，须由提花工和织造工两人紧密配合，一上一下，一前一后，通力协作。两人忙碌一天，只能织造 5 厘米的云锦，所以有"寸锦寸金"的美誉。

南京云锦以它特殊的浮雕、镶嵌的立体效果表达的审美境界和文化艺术的魅力，反映出中华民族特有的丰富的文化内涵，体现了科技与美学的交融。

云锦在中国古代主要用于皇家服饰：一是皇帝龙袍。北京故宫博物院收藏的雍正皇帝云锦朝服，在石青色素缎底上，于前胸、后背、肩部织团花五爪正龙、腰围行龙五，襞积前后团龙各九，裳正龙二，行龙四；披领行龙二，袖端正龙各一；通身五彩祥云，下八宝平水，海水江崖。龙袍表现了天子唯我独尊，还暗含着"一统山河"和"盛世升平"

的寓意。二是文武官员的服饰，按官品等级不同，颜色花纹各有区别。三是皇室的需求，如后妃凤衣霞帔、马褂旗袍、宫闱帐幔、宫廷坐褥和靠垫等。

云锦图案也融合进了老百姓的审美喜好和情趣。云锦艺人们对世间万物的认知，对美好生活的向往和期盼，也都融进了各种鲜活的纹样和千变万化的色彩。如在蝙蝠嘴下画个铜钱叫"福在眼前"，锦缎上撒点铜钱叫"前程似锦"。南京云锦可以说是集中国传统吉祥图案之大成。

如今，南京云锦除出口做高档服装面料及供少数民族服饰、演出服饰外，又发展了新的花色品种，如云锦台毯、靠垫、被面、提包、马甲、领带、挂屏、手机套、桌旗、云锦笔筒、名片盒等旅游纪念品，用于礼品或收藏、装饰，深受广大人民群众的喜爱。

水中美地

一

那一年，我从哈尔滨坐火车南下。3月的北方，大地似乎冬眠未醒，仍是千里冰封，白雪皑皑。一觉醒来，列车已过淮河，车窗外广袤的田野隐隐现出绿色。等过了长江，则是莺飞草长，绿意正浓了。

宋神宗熙宁元年（1068），也是在这个季节，王安石应召自江宁府赴京任翰林学士，神宗准备起用他主持改革大计。他望着江南大地满目新绿，踌躇满志地写下了《泊船瓜洲》："京口瓜洲一水间，钟山只隔数重山。春风又到江南岸，明月何时照我还。"陪他入京的儿子，建议把"春风又到江南岸"中的"到"字，改成"绿"字。王安石一听，说，改得好，一个"绿"字，境界全出。

此刻，我正行走在江南大地上。

二

　　良渚文化博物馆坐落在余杭良渚镇荀山南坡。一进余杭境内，一座巨大的玉琮雕塑耸立在宽敞的马路中央，醒目地标注着这块土地的不寻常。

　　谁也不知道在钱塘江的入海口，原来是一片烟波浩渺的海湾，什么时候潮汐退去，留下泥沙，堆积成了一片肥沃的土地。萧山跨湖桥遗址的发掘证实了早在 8000 年前就有人类在此繁衍生息，距今 5000 年前的余杭良渚文化被誉为"文明的曙光"。"良渚"，意为"水中的美地"。良渚文化，则是人类智慧创造的丰富而生动的文明。在良渚文化博物馆里，我们看到了一种叫"玉琮"的玉器，它是良渚文化特有的器物。形体为外方内圆的方柱体，象征着天圆地方的观念；表体分为若干节，上面绘有神秘色彩的神人兽面纹。这或许是古代巫师借以贯穿天地的法器，代表着崇高的神权。除了玉琮，良渚文化里发现的玉器还有玉璧、玉钺、玉三叉形器、玉镯、玉串饰等。良渚文化中，发现了大量的石器，如石锛、石钺、石犁、石镰等。这一时期的陶器，以夹细砂灰黑陶和泥制黑皮陶为典型，普遍是用快轮制造出来的，陶器的壁厚薄均匀，表面规整，线条流畅。在所有良渚文化的陶器中，尤其以漆绘的最为珍贵。漆绘陶器始见于良渚文化，后来也在这一带得到了发展。

三

这块水中的美地叫"余杭"。传说在夏禹治水时，夏禹南巡，大会诸侯于会稽（今绍兴），曾乘舟航行经过这里，并舍其杭（"杭"是方舟）于此，故名"余杭"。一说，禹至此造舟以渡，越人称此地为"禹杭"，其后，口语相传，讹"禹"为"余"，乃名"余杭"。

这块水中的美地又叫"钱塘"。北宋词人柳永《望海潮》这样描绘钱塘："东南形胜，三吴都会，钱塘自古繁华。烟柳画桥，风帘翠幕，参差十万人家，云树绕堤沙，怒涛卷霜雪，天堑无涯。市列珠玑，户盈罗绮，竞豪奢。重湖叠巘清嘉，有三秋桂子，十里荷花。羌管弄晴，菱歌泛夜，嬉嬉钓叟莲娃。千骑拥高牙。乘醉听箫鼓，吟赏烟霞。异日图将好景，归去凤池夸。"这首词把钱塘，尤其是西湖的美景描绘得令人神往，一时脍炙人口，传遍九州。没想到这首词传到了金国。金主心中大动，命人画出西湖美景，更在吴山之巅绘上自己策马扬鞭的英姿，并在画上题诗道："万里车书盍会同，江南岂有别封疆？提兵百万西湖上，立马吴山第一峰。"西湖的美竟然引来了贪婪的侵略者。

这块水中的美地还叫"临安"。经过"靖康之变"，北宋走到了终点。赵构面临金兵的穷追不舍，也许是贪慕西湖的美景，也许是江南的水乡有利于阻挡金国的骑兵，也许觉得这个地方在前朝积累了雄厚的物质基础，总之赵构一行人停下了慌乱的脚步，定都于此，定名临安。宋室南渡给这里带来了前所未有的机遇。这块土地借助昏庸的南宋朝廷开始书写自己的繁华篇章，成为当时全国政治、经济、文化的中心。

四

其实，这块土地叫余杭也好，叫钱塘也可，叫临安也罢，还叫过其他什么名字不重要，重要的是，现在我们叫它杭州。千百年来文人墨客不知为它献上多少诗，都道不尽它的美丽；丹青画手不知为它献上多少画，都绘不尽它的神韵。于是用了大俗大雅的话来比喻：上有天堂，下有苏杭。天堂里要多美有多美，尽善尽美，杭州同样是要多美有多美，尽善尽美。

人间天堂

一

公元605年，隋炀帝征发十几万人开掘邗沟，从淮安到扬州，引淮水入长江。6年后，又凿通江南运河，从镇江起，经苏州、嘉兴等地而达杭州，全长400多千米。这条运河，使江南富庶的物产源源不断地运往北方。在唐朝，江南的贡品，如扬州的锦、铜镜，绍兴、镇江、常州的绫罗绸缎，宣州的纸笔，苏州的糯米，都远赴千里，送到帝王家。江南的富庶，闻名四方。当时"赋出于天下，江南居十九"。与此同时，杭州也成为货物丰沛、贸易繁盛的重要商业城市。

二

五代十国时期，吴越国偏安东南，在吴越三代、五帝共85年的统治下，杭州发展成为全国经济繁荣和文化荟萃之地。吴越王钱镠重视兴修水利，引西湖水输入城内运河，在钱塘江沿岸，采用"石囤木桩法"修筑百余里的护岸海塘；还在钱塘江沿岸兴建龙山、浙江二闸，阻止咸水倒灌，减轻潮患，扩大平陆。动用民工凿平江中的石滩，使航道畅通，促进了与沿海各地的水上交通。欧阳修在《有美堂记》里有这样的描述："钱塘自五代时，不烦干戈，其人民幸福富庶安乐。十余万家，环以湖山，左右映带，而闽海商贾，风帆浪泊，出入于烟涛杳霭之间，可谓盛矣！"

三

在北宋时，杭州人口已达 20 余万户，为江南人口最多的州郡之一。经济繁荣，纺织、印刷、酿酒、造纸业都较为发达，对外贸易进一步开展，是全国四大商港之 。杭州历任地方官，都十分重视对西湖的整治。元祐四年（1089），苏东坡任杭州知州，再度疏浚西湖，用所挖取的葑泥，堆成横跨南北的长堤（苏堤），上有六桥，堤边植桃、柳、芙蓉，使西湖更加美丽。

南宋时，杭州进入鼎盛时期。1138 年，南宋定都临安后，杭州成为全国的政治、经济、文化中心，人口激增，经济繁荣，进入了发展的鼎盛时期。南宋吴自牧在《梦粱录》中写道："临安风俗，四时奢侈，赏玩殆无虚日。西有湖光可爱，东有江潮堪观，皆绝景也。"杭州的游人，每年除香客外，又增加了各国的使臣、商贾、僧侣，赴京赶考的学子，以及国内来杭贸易的商人。西湖的风景名胜开始广为人知。当时，

49

西湖泛舟游览极为兴盛，据古籍记载，"湖中大小船只不下数百舫"，"皆精巧创造，雕栏画栋，行如平地"。

四

1271 年，正值宋末元初之际，一个意大利人来到杭州，他就是马可·波罗。他在中国游历了许多地方，回去以后他口述了一本书——《马可·波罗游记》。他把杭州说成是"世界上最美丽华贵之天城"。他描绘这里的市集繁华："城里除掉各街道密密麻麻的店铺外，还有十个大广场或市场……每个市场在一个星期的三天中，都有四五万人来赶集。所有你能想到的商品，在市场都有销售。"他形容这里人物俊美，生活富足："男子与妇女一样，容貌清秀，风度翩翩。因为本地出产大宗的绸缎，加上商人从外省运来的绸缎，所以居民平日也穿绸缎衣服。居民的住宅雕梁画栋，建筑华丽。"他记录杭州人的生活："湖中还有大量的供游览的游船和画舫，这些船长十五到二十步，可坐十人、十五人或二十人，船底宽阔平坦，所以航行时不至于左右摇晃。所有喜欢泛舟行乐的人，或是带着自己的家眷，或是呼朋唤友，雇一条画舫，荡漾水面。"马可·波罗说："这座城市的庄严和秀丽，的确是世界上其他城市所无法比拟的，而且城内处处景色秀丽，让人疑为人间天堂。"

西湖十景

一

2000 多年前，西湖曾是钱塘江的一部分，由于泥沙淤积，在西湖南北两山——吴山和宝石山山麓逐渐形成沙嘴，此后两沙嘴逐渐靠拢，最终毗连在一起成为沙洲，在沙洲西侧形成了一个内湖，即西湖。

唐长庆二年（822）十月，白居易任杭州刺史。在任期间，他兴修水利，拓建石涵，疏浚西湖，修筑堤坝，解决了钱塘至盐官间农田的灌溉问题。白居易主持修筑的堤坝，在钱塘门外的石涵桥附近，称为白公堤。如今白公堤遗址早已无存。

五代十国时期吴越国（907—978）以杭州为都城，杭州成为全国经济繁荣、文化荟萃之地。由于吴越国历代国王崇信佛教，在西湖周围兴建了大量寺庙、宝塔、经幢和石窟，扩建灵隐寺，创建天竺寺、净慈寺等，建造保俶塔、六和塔、雷峰塔和白塔，一时有佛国之称。灵隐寺、天竺寺等寺院和钱塘江观潮是当时的游览胜地。

宋元祐五年（1090），苏轼上书《乞开杭州西湖状》于宋哲宗，断言："杭州之有西湖，如人之有眉目，盖不可废也。"同年四月，动员20万民工疏浚西湖，并用挖出来的葑草和淤泥，堆筑起自南至北横贯湖面2.8千米的长堤，在堤上建六桥，自此西湖水面分东西两部，而南北两山始以沟通。后人称这条长堤为"苏堤"。

南渡之后，西湖的风景名胜开始广为人知。西湖上鼓吹楼船，颇为华丽。南宋诗人林升诗《题临安邸》："山外青山楼外楼，西湖歌舞几时休？暖风熏得游人醉，直把杭州作汴州。"对当时的盛况做了生动的描绘。诗人杨万里也曾作诗盛赞西湖美景，作《晓出净慈寺送林子方》："毕竟西湖六月中，风光不与四时同。接天莲叶无穷碧，映日荷花别样红。"

二

著名的西湖十景，皆傍近西湖或在湖中。湖中分布着"一山二堤和三岛"。一山，就是孤山。孤山海拔38米，位于西湖西北角，四面环水，孤山是湖中最大的、唯一的天然岛屿。西湖十景之二"平湖秋月"，就是在孤山与白堤相连的地方。"平湖秋月"背靠孤山，面临西湖的外湖，视野十分开阔，为一流赏月胜地。若在秋天夜晚，皓月当空之际，观赏湖光月色，这是何等雅事？二堤，一为白堤，二为苏堤。白堤东起"断桥残雪"，经锦带桥向西，止于"平湖秋月"，长约2里。在唐即称白沙堤、沙堤，是为了储蓄湖水灌溉农田而兴建的。"断桥残雪"属于西湖十景之三。每当瑞雪初霁，站在宝石山上向南眺望，西湖银装素裹，白堤横亘。断桥的桥拱面在阳光下冰雪消融，而桥的两端还在皑皑白雪的覆盖下。依稀可辨的桥身似隐似现，远远望去似断非断，故称断桥。在中国民间传说《白蛇传》中，断桥是许仙和白娘子邂逅的地方。苏堤南起南屏山麓，北到栖霞岭下，全长近6里。苏堤由南而北有映波桥、锁澜桥、望山桥、压堤桥、东浦桥和跨虹桥六座桥。每当冬去春来，堤上杨柳吐翠，桃花灼灼，长堤卧波，六桥起伏。漫步堤上，春风拂面，鸟语啁啾，湖水如镜，桥影照水，湖光山色如画，故称之为"苏堤春晓"。南宋时，苏堤春晓被列为西湖十景之首。

三潭印月岛、湖心亭与阮公墩合称"湖中三岛"，犹如我国古代传说中的蓬莱三岛，三潭印月岛称"小瀛洲"，湖心亭为"蓬莱"，阮公墩是"方丈"。小瀛洲，呈"湖中有岛，岛中有湖"的田字形格局，是江南经典水上园林。在小瀛洲南，湖中建有三座石塔，相传为苏东坡所创设。而有趣的是塔腹中空，球面体上排列着五个等距离圆洞。月明之夜，圆洞糊上薄纸，塔中点燃灯光，洞形映入湖面，呈现许多"月亮"，故得名"三潭印月"，为西湖十景之四。若在月夜里观赏月、塔、湖的相互映照，足以引发禅境思考和感悟。

三

沿着湖岸走，首先来到西湖十景之五的"花港观鱼"。"花港观鱼"位于苏堤南段西侧，在西里湖与小南湖之间的一块半岛上。西山花家山麓，有一条清溪流经此处注入西湖，故称花港。南宋时，内侍卢允升在此砌池养鱼，筑亭建园，称"卢园"。今日的花港观鱼是一座占地20

余公顷的大型公园。春日里，落英缤纷，呈现"花著鱼身鱼嗛花"的胜景。

"柳浪闻莺"是西湖十景之六，位于西湖东南隅湖岸，是一座占地约21公顷的大公园。分友谊、闻莺、聚景、南园四个景区。南宋时为帝王御花园，称聚景园。柳林衬托着紫楠、雪松、广玉兰、梅花、碧桃、海棠、月季等异木名花，其间黄莺飞舞，竞相啼鸣。明朝万达甫有诗云："柳荫深霭玉壶清，碧浪摇空舞袖轻。林外莺声啼不尽，画船何处又吹笙。"

西湖西侧，岳飞庙前面，这里是西湖十景之七的"曲院风荷"。南宋时，此有一座官家酿酒的作坊，取金沙涧的溪水造曲酒，闻名国内。附近的池塘种有菱荷，每当夏日风起，酒香荷香沁人心脾，因名"曲院风荷"。曲院风荷占地14公顷，有曲院、风荷、滨湖密林等景区。最为精彩处在风荷景区，宁静的湖面上，分布着红莲、白莲、重台莲、洒金莲、并蒂莲等各种荷花。莲叶田田，菡萏妖娆，走在造型各异的小桥上且行且看，人倚花姿，花映人面，人、花、水、天，相融相恋，令人销魂。

西湖十景中，有的景是宜远观、远听，要用心去体会。如十景之八"双峰插云"。巍巍天目山东走，其余脉的一支，遇西湖而分为南山、北山，形成环抱状的名胜景区，两山之巅即南高峰和北高峰。古时候是西湖群山中名噪一时的佛教名山，山顶都建有佛寺、佛塔。春秋佳日，岚翠雾白，塔尖时隐时现，自西湖舟中远观，景观独具一格。

又如西湖十景之九"雷峰夕照"。雷峰又称夕照山，海拔46米，是南屏山的支脉。因有吴越国王钱俶为其妃黄氏所建黄妃塔，以及西湖民间故事"白蛇传"而出名。雷峰塔原是一座八角形、五层砖木结构的楼阁式塔，后遇火只留下了砖体塔身。1924 年 9 月 25 日下午，雷峰塔崩塌。重建的雷峰塔于 2002 年 10 月 25 日落成。

入晚，坐在宾馆的阳台上，沏一壶龙井。一眼望去是杭城灯光璀璨、车水马龙的夜景，微风中隐隐传来悠扬的钟声。这是南屏山净慈寺傍晚的钟声，为西湖十景之十"南屏晚钟"。南屏山在杭州西湖南岸、玉皇山北，九曜山东。主峰高百米，林木繁茂，石壁如屏。北麓山脚下是净慈寺，是吴越国王为供养南山佛教开山祖师永明禅师而建，原名"慧日永明禅院"。净慈寺初建时就设钟楼一座。明代洪武十一年（1378），因嫌旧钟太小，重铸一口重达 10 吨的巨钟，钟声洪亮，再加上寺后南屏山多空穴，所以晚钟敲响，钟声在山谷间穿穴回荡，远飘大半个杭城。

四

杭州西湖的景点，除了上述的西湖十景外，1985 年评选的西湖十景包括吴山天风、满陇桂雨、玉皇飞云、云栖竹径、九溪烟树、黄龙吐翠、龙井问茶、宝石流霞、阮墩环碧、虎跑梦泉。2007 年评选的西湖十景，包括灵隐禅踪、六和听涛、岳墓栖霞、湖滨晴雨、钱祠表忠、万松书缘、杨堤景行、三台云水、梅坞春早、北街梦寻。30 个景点的共同特点是，融自然风景和人文艺术为一体。如今的西湖正在以更加旖旎的风情，更加开放大气的姿态，迎接国内外来客。

钱江观潮

钱塘江涌潮为世界一大自然奇观，它是天体引力和地球自转的离心作用，加上杭州湾钱塘江喇叭口的特殊地形所造成的特大涌潮。

观赏钱塘江秋潮，早在汉魏、六朝时就已蔚然成风，至唐宋时，此风更盛。相传农历八月十八日，是潮神的生日，故潮峰最高。"八月十八潮，壮观天下无。"这是北宋诗人苏东坡咏赞钱江秋潮的千古名句。北宋诗人潘阆有一首词写钱江观潮："长忆观潮，满郭人争江上望。来疑沧海尽成空，万面鼓声中。弄潮儿向涛头立，手把红旗旗不湿。别来几向梦中看，梦觉尚心寒。"这首诗便是当年"弄潮"与"观潮"活动的真实写照。到了南宋，朝廷规定，这一天在钱塘江上校阅水师，以后相沿成习，遂成为观潮节。

自宋以来，以浙江观潮为题材的诗文，为数不少。以笔记而言，有周密《武林旧事》，耐得翁《都城纪胜》《西湖老人繁胜录》和吴自牧《梦粱录》等，其中《武林旧事》尤为绘声绘色。

"浙江之潮，天下之伟观也。自既望以至十八日为最盛。方其远出海门，仅如银线；既而渐近，则玉城雪岭，际天而来，大声如雷霆，震撼激射，吞天沃日，势极雄豪。"

每年，京尹在这里校阅水军，"艨艟数百，分列两岸；既而尽奔腾分合五阵之势，并且乘骑、弄旗标枪、舞刀于水面者如履平地。倏尔黄烟四起，人物略不相睹，水爆轰震，声如崩山；烟消波静，则一舸无迹，仅有'敌船'为火所焚，随波而逝"。

更有弄潮者的表演，精彩纷呈。"吴儿善泅者数百，皆披发文身，手持十幅大彩旗，争先鼓勇，溯迎而上，出没于鲸波万仞中，腾身百变，而旗尾略不沾湿，以此夸能。豪门贵宦，争赏银彩。"

现在，每年的农历八月十八前后，观潮的盛况较之古代有过之而无不及。只是校阅水军的场面是看不到了，弄潮的表演也看不到了。即使在当时，这些弄潮儿"以此夸能"，其实是为了挣钱（观潮时"豪门贵宦，争赏银彩"）。无怪乎苏轼要发出"吴儿生长狎涛渊，冒利轻生不自怜。东海若知明主意，应教斥卤变桑田"（《八月十五日看潮五绝》）的感叹！

其间，秋阳朗照，金风宜人，钱塘江口的海塘上，游客群集，兴致盎然，争睹奇景。观赏钱塘秋潮的最佳位置为海宁市（今海宁市）盐官镇东南的一段海塘。这里的潮势最盛，且以齐列一线为特色，故有"海宁宝塔一线潮"之誉。潮头初临时，天边闪现出一条横贯江面的白练，伴之以隆隆的声响，酷似天边闷雷滚动。潮头由远而近，飞驰而来。宛若一群洁白的天鹅排成一线，万头攒动，振翅飞来。潮头推拥，鸣声渐强，顷刻间，白练似的潮峰奔来眼前，耸起一面三四米高的水墙直立于江面，倾涛泻浪，喷珠溅玉，势如万马奔腾。潮涌至海塘，更掀起高9米的潮峰，果然"滔天浊浪排空来，翻江倒海山为摧"！其景壮观，其力无穷。据说有一年，曾把一只一吨多重的"镇海雄狮"冲出100多米远。当潮水激起巨大回响之后，随即浪消云散。有人这样写道："潮来溅雪欲浮天，潮去奔雷又寂然。"十分确切地描绘了潮来潮往的壮观景象。

还有两处观潮佳点，可以看到与上面"一线潮"不同的涌潮。一是盐官镇东 8 千米的八堡，可以观赏到潮头相撞的奇景。从杭州湾涌来的潮波遇到江中一个沙洲，分成两股，即东潮和南潮。两股潮头在绕过沙洲后，就像两兄弟一样交叉相抱，形成变化多端、壮观异常的交叉潮，呈现出"海面雷霆聚，江心瀑布横"的壮观景象。当南潮扑向南岸被荡回来，掉头向北涌去，恰与姗姗来迟的东潮撞个满怀。霎时间，一声巨响，好似山崩地裂，满江耸起千座雪峰，令人触目惊心。待到水柱落回江面，两股潮头已经呈十字形展现在江面上，并迅速向西奔驰。同时交叉点像雪崩似的迅速朝北转移，撞在顺直的海塘上，激起一团巨大的水花，跌落在塘顶上，吓得观潮人纷纷尖叫避开。

二是盐官镇西 12 千米的老盐仓，可以欣赏到"返头潮"。从盐官逆流而上的潮水，将到达下一个观潮景点老盐仓。老盐仓的地理环境不同于盐官，盐官河道顺直，涌潮毫无阻挡向西挺进，而老盐仓的河道上，建有一道高 9 米、长 660 米的拦河丁字坝，丁字坝直插江心，宛如一只力挽狂澜的巨臂。潮水至此，气势已经稍减，但冲到丁字坝头，仍如万头雄狮惊吼跃起，激浪千重，随即潮头返回，直向塘顶观潮的人们扑来。这返头潮的突然袭击，常使观潮者措手不及，惊叫失态。

钱江涌潮这一天下奇观，已广为人知，然而，涌潮也确实曾经给沿江人民带来过深重的灾难。一旦海塘溃决，便会洪水横流，扫荡田禾、庐舍，甚至溺死人畜。有幸逃脱而保住性命者，也难免流离失所。潮水即便退却，也已是田土皆咸，数年不能耕种，荒田残垣，哀鸿遍野，惨不忍睹。朱淑贞《海上记事》云："飓风拔木浪如山，振荡乾坤顷刻间。临海人家千万户，漂流不见一人还。"

　　新中国成立以后，这种状况才得到控制。20 世纪 60 年代以来，钱塘江两岸未再发生过主塘溃决的现象。沿江人民得以安居乐业，一幢幢楼房如雨后春笋，拔地而起。然而，要彻底驯服涌潮，让它造福于人类，还有待进一步的努力。

　　钱江观潮，千秋功罪，谁人曾与评说！

雷峰夕照

一

傍晚，站在西湖东岸的湖滨路，远眺南岸夕照山雷峰塔，塔在落日的余晖中闪着金光。湖中，雷峰塔金色的倒影，与金蛇狂舞的波光相映生辉。这就是列入西湖十景的"雷峰夕照"。

雷峰塔，为吴越王钱俶因黄妃得子而建，名"皇妃塔"，因建于夕照山雷峰，后人称为"雷峰塔"。钱俶崇信释事，毕生造佛塔无数，雷峰塔是其中的一座。据明张岱《西湖梦寻》介绍，雷峰塔兴建之初，以13级为标准，"拟高千尺"。不料因为财力不济，当时只建了7级。这是一座八面砖木结构楼阁式塔，塔心是砖砌的，截檐、游廊、栏杆等为木结构。

明嘉靖年间（1522—1566），入侵东南沿海的倭寇围困杭州城，纵火焚烧雷峰塔，灾后古塔仅剩砖砌塔身，通体赤红，一派苍凉。

《西湖梦寻》中有一则趣闻：李长蘅在题画时说，我的朋友曾听子将讲西湖上这两座塔，"保俶塔如美人，雷峰塔如老衲"。这个比喻我极为欣赏。后来我与朋友观赏荷花时作了一首诗，当中有"雷峰倚天如醉翁"的句子，朋友见了跳起来说："子将把雷峰比作老衲，不如您醉翁的比喻更得情态。"

400 年来，雷峰塔以裸露砖砌塔身呈现的残缺美，成为西湖十景中为人津津乐道的名胜。

二

雷峰塔之所以遐迩闻名，与广为流传的民间故事《白蛇传》有关。

白素贞是修炼千年的白蛇，为了报答书生许仙前世的救命之恩，化为人形欲报恩，后遇到青蛇小青，两人结伴。白素贞施展法力，巧施妙计与许仙相识，并嫁与他。婚后金山寺和尚法海对许仙讲白素贞乃蛇妖，许仙将信将疑。端午节许仙按法海的办法让白素贞喝下雄黄酒，白素贞现出原形，却将许仙吓死。白素贞上天庭盗取仙草灵芝将许仙救活。法海将许仙骗至金山寺并软禁。白素贞同小青一起与法海斗法，水漫金山寺。白素贞被法海收入钵内，镇压于雷峰塔下。

清朝末年到民国初期，民间盛传雷峰塔塔砖具有"辟邪""宜男""利蚕"的特异功能，因而屡屡遭到盗挖。1924 年 9 月 25 日，年久失修的雷峰塔终于轰然倒塌。

三

鲁迅先生曾为此写了《论雷峰塔的倒掉》。文章中说，他"见过未倒的雷峰塔，破破烂烂的映掩于湖光山色之间，落山的太阳照着这些四近的地方，就是'雷峰夕照'"。他以为"并不见佳"。

小时候，祖母对他说，白蛇娘娘就被压在这塔底下！"那时我唯一的希望，就在这雷峰塔的倒掉。后来我长大了，到杭州，看见这破破烂烂的塔，心里就不舒服。"

现在，雷峰塔"居然倒掉了，则普天之下的人民，其欣喜为何如"？

他说，试到吴越的山间海滨，探听民意去。凡有田夫野老，蚕妇村氓，可有谁不为白娘娘抱不平，不怪法海太多事的？

"和尚本应该只管自己念经。白蛇自迷许仙，许仙自娶妖怪，和别人有什么相干呢？他偏要放下经卷，横来招是搬非，大约是怀着嫉妒罢——那简直是一定的。"

他说，后来玉皇大帝来拿办他了。法海逃在蟹壳里避祸，不敢再出来。

"现在却只有这位老禅师独自静坐了，非到螃蟹断种的那一天为止出不来。莫非他造塔的时候，竟没有想到塔是终究要倒的吗？"

鲁迅先生借雷峰塔的倒掉，赞扬了白娘子为争取自由和幸福而决战到底的反抗精神，揭露了封建统治阶级镇压人民的残酷本质，并鞭挞了那些封建礼教的卫道士，从而表达了人民对"镇压之塔"倒掉的无比欣欣的心情。

四

1999年7月，浙江省委、省政府做出了重建雷峰塔、恢复"雷峰夕照"景观的决定。新塔于2000年12月26日奠基，2002年10月25日竣工。

现在的雷峰塔塔身的设计沿袭了雷峰塔烧毁前的平面八角形楼阁式形制，自上而下分别为塔刹、天宫、五层、四层、三层、二层、暗层、底层、台基二层、台基底层。

台基底层，是古塔遗址，遗址用巨大的玻璃防护罩保护着。台基二层是古塔遗址观赏区。暗层展示的是《白蛇传》的故事，二、三、四层分别是铜版线刻壁画《吴越造塔图》、雷峰塔历代诗文佳作、彩绘壁画《西湖十景》等。五层的穹顶内壁辟有2002个塔龛，每个龛内安放着一个小金涂塔。穹顶设有天宫，放置《雷峰塔重修记》、新塔模型等。

雷峰新塔各层屋面都覆盖铜瓦，每个转角处设铜斗拱，飞檐翼下悬挂铜制的风铎。新塔塔身的二层以上，每层都有外挑平座，平座设栏杆，绕塔而成檐廊，可供游人登塔赏景。新塔高71.7米，其中台基高9.8米，塔身高45.8米，塔刹高16.1米。

雷峰新塔建成后，重现了已经消失了70余年的"雷峰夕照"美景。游人登上雷峰新塔，站在五层的外观平座上，极目四眺，碧波荡漾的西湖、秀美端庄的汪庄、绿意葱茏的湖心三岛一览无余。而站在西湖东岸的湖滨路远眺，雷峰塔敦厚典雅，保俶塔纤细俊俏，两座塔一南一北，隔湖相望，西湖山色又恢复了往日的和谐与美丽。

湖上才子

一

洪升（1645—1704），字昉思。汉族，浙江杭州人。清代戏曲家、诗人，与《桃花扇》作者孔尚任并称"南洪北孔"。

洪升少年时期，接受了正统的儒家教育。他学习勤奋，很早就显露出了才华，他创作的不少诗文词曲，都受到人们的称赞。

24 岁时，洪升到京城的国子监学习，想以此求取功名。一年后失望而返。四年后，他再度前往京城。在客居京城的日子里，洪升生活艰难，甚至不得不靠卖文为生。康熙十八年（1679）冬，其父被诬陷遣戍，他奔走呼号，向王公大人求情，并且昼夜兼行，赶回杭州，侍奉父母北行，幸而遇赦得免。以后他多次返乡探望父母，屡屡奔波于京城、杭州之间。在《夜泊》诗里，洪升记录了他这段时间的生活："败芦寒雨断矶边，梦醒孤舟泪泫然。堂上二人年六十，旅中八口路三千。谋艰桂玉羞逢世，心怯风波且任天。扰扰半生南又北，未知归计定何年。"

在此期间，他注意到民间疾苦，写了《京东杂感》《长安》及《衢州杂感十首》等诗，对人民历遭兵灾及水灾，倍加同情；对统治集团内部倾轧与朝政翻覆，深恶痛绝；对社会现实有了较深的认识。

洪升交游的师友都是一些博学而有高格的人。有善写骈体文的陆繁绍，有精通音律的毛先舒，后来他还向当时的文坛领袖王士祯学习，又向大诗人施闰章学习诗法。戏曲作家袁于令、浙西派词人朱彝尊，以及经学家兼文学家毛奇龄等人都曾和他交友来往，为他在戏曲创作上大显身手创造了条件。

29 岁那年，洪升和朋友偶然谈起唐代开元、天宝间的事情，李白被唐明皇赏识，使洪升大为感慨。于是他以李白为主角，创作了传奇《沉香亭》。到京城以后，一位朋友说《沉香亭》"排场近熟"，没有能超越其他表现同一题材的作品。洪升觉得有道理，于是他删去原剧中李白的情节，加入李泌辅佐肃宗中兴唐朝的故事，把剧本改名为《舞霓裳》。1688 年，44 岁的洪升想到历代的帝王，妃嫔成群，很少有用情专一的，而像唐明皇那样爱恋妃了杨玉环的帝王实在罕见。于是洪升决定专写李、杨爱情，把《舞霓裳》改为《长生殿》。

《长生殿》主要演绎唐明皇与杨贵妃的爱情。两人以钿盒金钗定情，在感情道路上几经波折，又几经修好，一步步走向稳固和升华。他们共制《霓裳羽衣曲》，七夕之夜两个人在长生殿上的盟誓："在天愿做比翼鸟，在地愿为连理枝。"可是，一场军乱打破了他们平静的爱情。在出逃的路上，面对群情激愤的将士，唐明皇被迫赐杨贵妃自尽。从此，唐明皇深深思念杨贵妃，时时处处睹物伤情。最后，他们在月宫成为一对神仙眷侣，恩爱无限，天长地久。

作者在广阔的社会、政治背景中来表现李隆基和杨玉环的爱情悲剧，对历史素材加以精心选择和剪裁，并进行了艺术的概括、集中和虚构，使事件和人物的描写基本符合历史真实，而且全剧写得有声有色，许多场面强烈感人。

剧本脱稿后，立即受到朋友们的称赞。这个本子被搬上了舞台，成为当时最受欢迎的剧目。康熙二十八年八月上旬，洪升在家中演出《长生殿》，城里很多名人都赶来观看。一个叫黄六鸿的人向皇帝告状，说在皇后丧期演唱《长生殿》是一种"大不敬"的行为，致使洪升下刑部狱，被国子监除名。康熙帝故示宽柔，除对与会者进行了处理外，并未深究《长生殿》剧本。

遇到这样一场大的变故后，洪升很是悲愤，他甚至想到佛教中去寻求解脱。康熙三十六年（1697），江苏巡抚宋荦命人安排演出《长生殿》，观者如蚁，极一时之盛。1704年，60岁的洪升应江南提督张云翼的邀请来到松江。张云翼把洪升奉为上宾，特意召集宾客，选了几十名好演员，上演《长生殿》。曹寅听说后，又把洪升请到南京，遍请江南江北的名士，举行了一个盛大的宴会，独让洪升居上座，演出全部《长生殿》，历三昼夜始毕。

然而，就在洪升从南京乘船回家，经过乌镇时却不幸因酒醉失足落水，一代杰出的剧作家竟这样离去了。在他的身后，只有传唱不衰的《长生殿》，时时使人们忆起这位才子的传奇一生。

二

清乾隆十六年（1751），20岁的陈端生写了一部未完弹词《再生缘》。《再生缘》写孟丽君女扮男装，蟾宫折桂，立朝为相，挽救夫家，却又历经各种曲折拒不相认的故事。1954年，陈寅恪写了《论再生缘》，认为陈端生的艺术成就不在李白、杜甫之下。郭沫若先生曾特意去杭州探寻陈端生写作《再生缘》的句山樵舍，并赋诗曰："莺归余柳浪，雁过剩松风。樵舍句山在，伊人不可逢。"

陈端生动笔写《再生缘》时，家住北京外廊营。此时她祖父和父亲在京城当官。陈端生平时空闲，而且家中环境也相对安静，是写作的好时机。陈端生的写作没有什么功利色彩，最早的读者大概只有母亲和妹妹，但她写得非常勤奋，常常挑灯夜战。陈端生说她在天气寒冷的冬天还依然惦记着写作："仲冬天气已严寒，猎猎西风万木残。短昼不堪勤绣作，仍为相续《再生缘》。"

第二年正月，陈端生的祖父离开北京回杭州，但陈端生的父亲还在京中当官，姐妹俩和母亲都继续留在北京。到五月，一共8个月左右的时间，她已经写完前八卷。

八月，父亲任职山东登州府，全家都跟随父亲前往。登州府治所在今天的蓬莱市。蓬莱临海，风景优美，加之又有神话传说，在那里的生活让陈端生感到非常舒适与安逸。在蓬莱这段时间，她继续勤奋写作。她的写作速度很快，可以说这是她的创作高峰期。她在登州住了约7个月时间，就写完了9到16卷。

陈端生写完16卷之后没有接着写，因为她母亲病了，而且到七月，母亲便病故了。陈端生曾经那么勤奋地写《再生缘》，主要是为了愉悦母亲。母亲去世了，知音失去了，怎么还有心情写作呢？

第二年，也就是乾隆三十六年（1771）夏天，大约因为父亲离任，她和家人返回杭州老家。这一年，陈端生已经20岁了。

　　回到杭州，陈端生只是对旧稿进行了一些修改润色。3 年后，陈端生 23 岁，嫁与名家子范菼为妻。范菼是陈端生祖父好友范璨之子。她和丈夫情投意合，很是幸福美满。婚后生育一女一子。

　　陈端生说过："亨衢顺境殊安乐，利锁名缰却挂牵。"可是对于陈端生的丈夫，那"利锁名缰"中的"利"和"名"都竹篮打水一场空，"锁"和"缰"却成了实实在在的现实。她的丈夫因应顺天乡试，请人代笔案发，被发配伊犁为奴。她因此背上发配边疆罪犯的沉重十字架。陈端生在这些艰难的日子里，除了养育儿女，仍在文化圈子里活跃着。

　　当年写《再生缘》前 16 卷是在北京和山东，读者只有母亲和妹妹。她回到杭州老家后，《再生缘》却很快在浙江一省传开："闺阁知音频赏玩，庭帏尊长尽开颜。谆谆更嘱全始终，必欲使，凤友鸾交续旧弦。"

　　"闺阁知音"和"庭帏尊长"都在争读她的《再生缘》，而且此书故事情节一环扣一环，惊险连着惊险，开始看了就放不下。大家意犹未尽，催促她继续写下去，想看到最后的结局。才子爱盛名，才女求知音。有那么多人首肯她的文字，那是比金钱更珍贵的财富。她觉得有义务继续写下去。

　　乾隆四十九年（1784）早春二月，陈端生在母亲去世 12 年、丈夫被流放 4 年后终于重新开始续写《再生缘》。然而陈端生写到 17 卷就戛然而止了，给读者留下了一部神龙无尾的弹词著作。

西湖灵魂

西湖之水，日月沉浮。柔波之下，刚烈如火。苏小小、祝英台、李慧娘对爱情的执着，生追不得，死亦得之。

一

"妾本钱塘江上住，花落花开，不管流年度。燕子衔将春色去，纱窗几阵黄梅雨。斜插犀梳云半吐，檀板轻敲，唱彻黄金缕。望断行云无觅处，梦回明月生南浦。"

这首《黄金缕》是北宋词人司马槱的作品。

这位自称"妾"的女子，是南朝齐的名伎苏小小。苏小小自小能书善诗，文才横溢，15 岁时父母双亡，只得变卖家产，带着乳母贾姨移居西泠桥畔。苏小小喜欢和文人雅士们来往，常在松柏林中的小楼里以诗会友。她的门前总是车来车往，苏小小成了钱塘一带有名的歌伎。《西湖梦寻》说苏小小"貌绝青楼，才空士类，当时莫不艳称"。

苏小小十分喜爱西湖山水，自制了一辆油壁车，遍游湖畔山间。一日，沿湖堤而行，邂逅少年阮郁，一见钟情，结成良缘。但不久阮郁在京当官之父派人来催归。阮郁别后毫无音讯。苏小小情意难忘，时时思念。

一个晴朗的秋天，她在湖滨见到一位模样酷似阮郁的人，却衣着俭朴，神情沮丧。此人叫鲍仁，因盘缠不够而无法赶考。苏小小觉得此人气宇不凡，必能高中，于是慷慨解囊，资助他上京赴试。

苏小小终于思念成疾，无药可救，年方十九就香消玉殒。临终前，她留下遗嘱："生在西泠，死在西泠，葬在西泠，不负一生爱好山水。"这时鲍仁已金榜题名，赴任时顺道经过苏小小家，却赶上她的葬礼。鲍仁抚棺大哭，遵照苏小小"埋骨西泠"的遗愿，出资在西泠桥畔择地造墓，墓前立一石碑，上题"钱塘苏小小之墓"，墓上覆六角攒尖顶亭，叫"慕才亭"。

到了北宋，有一位叫司马槱的书生，他一日做梦，梦见一曼妙女子手撩帷幔对着自己唱歌。问其名，曰西泠苏小小。问何曲，曰《黄金缕》。过了5年，司马槱由苏东坡推荐，到杭州当官，闻知苏小小就葬在西湖边上，连忙往寻其墓，然后酹酒吊之。当夜，就梦见苏小小与自己同榻而眠。苏小小说："妾愿酬矣！"这样缠绵执着的人鬼情持续了3年。后来司马槱死在杭州，葬在了苏小小墓边。

二

杭州上虞市（今上虞区）有一女子祝英台，喜欢吟读诗书，一心想出外求学，但是当时的女子不能在外抛头露面，于是她就和丫头银心乔装成男子，前往杭州城读书。二人在半途遇见了也要前往杭州念书的鄞州区（今鄞州区）书生梁山伯及书童士久。梁山伯和祝英台两人一见如故，遂结伴同行。

在杭州3年期间，梁山伯和祝英台形影不离，白天一同读书，晚上同床共枕。祝英台内心暗暗地爱慕梁山伯，但梁山伯个性憨直，始终不知道祝英台是个女子，更不知道她的心意。有一次清明节放假，两人去镜湖游玩的时候，祝英台借景物屡次向梁山伯暗示，可是梁山伯完全无法明白，甚至取笑祝英台把自己比喻成女子，最后祝英台只得直接向梁山伯明示，梁山伯才恍然大悟。可是这件事全被在一旁偷看的马文才得知。

家人来信催祝英台回家，由于走得匆忙，祝英台只好留一封信，告诉梁山伯"二八、三七、四六定"，意思是要梁山伯10天后去祝府提亲。但是梁山伯却以为是三个10天加在一起，所以一个月后才去提亲，等到梁山伯欢欢喜喜赶到祝家时，才知道马文才已经抢先一步提亲，并且下了聘礼。梁山伯只得伤心离开，祝英台十八里相送，难舍难分。

梁山伯回家后，相思病重，写信给祝英台，希望祝英台能前来探望。祝英台则回信：生不同衾，死求同茔。意思是今生无缘，只希望两人死后可以一起安葬在南山。梁山伯在绝望中病逝。

祝英台假意应允马家婚事，但是要求迎亲队伍必须从南山经过，并且让她下轿祭拜梁山伯。当祝英台下轿拜墓时，一时之间风雨大作、阴风惨惨，梁山伯的坟墓竟然裂开，祝英台见状，奋不顾身地跳进去，坟墓马上又合起来，不久，便从坟墓里飞出一对蝴蝶，翩翩起舞，形影相随，永不分离。

三

南宋末年，良家女李慧娘因战乱流离，不幸被奸相贾似道掳于贾府，充当歌姬。一日，歌姬们随贾似道游西湖时，李慧娘听到太学生裴舜卿怒斥贾似道祸国殃民的慷慨陈词，不禁油然而生敬慕，一时忘情，无意中夸赞了一句"美哉，少年"！不料被贾似道听到，竟招来杀身之祸。

回到府中，任凭李慧娘如何哀告求恕，贾似道还是用剑无情地刺进了她的胸膛。李慧娘死后，穷凶极恶的贾似道又迁怒于裴舜卿，设计将裴舜卿诓进府中，暂囚"半闲堂"的红梅阁内准备杀害。

李慧娘被杀，阴魂不散，决心申冤雪恨。执仗正义的阴曹判官对李慧娘的悲惨遭遇深表同情，赠其阴阳扇，助她搭救裴舜卿。李慧娘幽魂手执宝扇来到红梅阁后，就变成生前模样，通过对话，解除了裴舜卿的疑虑，同时，他们之间也萌发了爱情。正当生前受尽折磨的李慧娘沉浸于幸福之中时，雄鸡报晓，她猛然惊觉：人鬼之间有着不可逾越的鸿沟。于是她决定晚上再商议，离开了裴舜卿。

李慧娘的幽魂得知贾似道令武官廖莹忠三更时分前去杀害裴舜卿，当晚急赴红梅阁。裴舜卿生怕连累李慧娘，不愿冒险同逃。李慧娘为救裴舜卿脱险，不得不说明真情，得知眼前的李慧娘是个鬼魂后，裴舜卿当即吓死过去。李慧娘借助宝扇把他救活。裴舜卿终于被李慧娘善良正直的人品、高尚的情操、反压迫的坚强意志所感动，决心撞死在红梅阁内与她在阴间结为夫妻。李慧娘却晓以国家大义，劝他切勿轻生，对他寄予除奸救民的希望。

　　此时，三更鼓响，廖莹忠持刀前来杀害裴舜卿，慧娘借助宝扇的威力，惩罚了敌人，救出了裴舜卿，并烧毁了"半闲堂"。

寺峰合璧

　　杭州灵隐寺在飞来峰与北高峰之间灵隐山麓中，两峰夹峙，林木深秀，深山古寺，云烟万状。相传东晋咸和元年（326），印度高僧慧理来到这里，见山色葱茏，景色秀美，于是特赐建寺，在此宣扬佛理。寺以山命名，曰灵隐寺。慧理圆寂后，寺僧为其筑真身塔于飞来峰龙泓洞前，即有名的理公塔。

　　中国历史上多个朝代都崇尚佛教，灵隐寺因此得到不断的修缮保护。南朝梁武帝赐田扩建，规模初具，香火渐盛。五代，吴越王钱弘俶扩建灵隐寺为九楼、十八阁、七十二殿，计一千三百余间，僧众三千。他从奉化请来高僧延寿住持灵隐寺，并赐名灵隐新寺。宋宁宗嘉定年间，灵隐寺被誉为江南禅宗"五山"之一。清顺治年间，禅宗巨匠具德和尚住持灵隐，筹资重建，仅建殿堂时间就前后历18年之久，其规模之宏伟，跃居"东南之冠"。清康熙二十八年（1689），康熙帝南巡时，赐名"云林禅寺"。

　　灵隐寺声名远扬，蜚声中外。1117年，日本天台宗名僧觉阿和他的徒弟金庆在灵隐寺拜名僧慧远为师，学习佛法精要，回国后开创日本临济宗的新局面。1187年，日本名僧荣西到灵隐寺向禅宗大师学习，回国后促进了日本禅宗的发展。

灵隐寺布局与江南寺院格局大致相仿，中轴线上的建筑，依次为天王殿、大雄宝殿、药师殿、藏经楼、华严殿。左右两翼有五百罗汉堂、济公殿、客堂、祖堂、大悲阁、云林藏室等建筑。规模宏伟，气势恢宏。值得观赏的有二：一是大雄宝殿内，正中是一座高 24.8 米的释迦牟尼莲花坐像，是以唐代禅宗著名雕塑为蓝本，用 24 块香樟木雕成。造像宝相庄严、气韵生动，颔首俯视，令人景仰，这是中国最高大的香樟木坐式佛像之一，是一件不可多得的宗教艺术作品。二是罗汉堂，这里不仅陈列着五百罗汉线刻石像，更有新建的灵隐铜殿。其高达 12.62 米，为中华第一高铜殿，获世界吉尼斯最高铜殿纪录。灵隐铜殿为单层重檐歇山顶的传统古建筑结构，飞檐雕瓦，翼角飞举。歇山顶上龙吻对峙，火球腾金，窗花、斗拱、雀替、龙柱、额、枋都精雕细刻，诸形工美，铜殿正方四面雕有四大佛山的自然风貌，或天苍地茫，玉宇澄清；或古刹巍峨，大江环流，展示巧夺天工的镂刻铜雕技艺。殿基有铜砖铺地，须弥座铸有佛山经典图画。铜殿运用现代表面处理技艺，金灿尊贵，光芒闪烁。

与灵隐寺相对的是飞来峰，有"东山第一山"之称。相传慧理来到灵隐山，眼前的一座山峰令他感到惊奇：这不是自己故乡的灵鹫峰吗，什么时候竟然飞到这里来了？所以后人就把这座山峰叫"飞来峰"，又名"灵鹫峰"。

眼前这座山峰，古藤交错，洞壑遍布，它的地质结构确实与周围的山峰不一样，素有"无石不奇、无水不清、无洞不幽、无树不古"之誉。特别珍贵的是，在天然岩洞里和山崖上，布满了五代、宋、元时期的大批石刻造像，共有 300 多尊。

来到龙泓洞。洞口右侧有一组结构完整、形象逼真地反映佛教历史题材的浮雕，是由三个时代、内容各异的高僧取经故事组成。第一幅是"白马驮经"故事。说的是东汉永平十年（67），明帝派遣蔡谙等人去西域求佛法，在月氏国遇到来自天竺的僧人摄摩腾、竺法兰，便请他们到京师洛阳传教。第二幅是曹魏僧"朱士行取经"的故事。第三幅是"唐僧取经"。

对面崖壁间那尊袒腹露胸、笑脸相迎的大肚弥勒，是飞来峰所有石刻中最大的一尊雕刻，高9.9米，宽3.6米，有副对联"大肚能容容天下难容之事，开口便笑笑世间可笑之人"，形容的就是这个弥勒佛。

飞来峰东南侧有一个最大的洞，叫"青林洞"。洞口右边的崖壁上，刻着的是佛教故事"卢舍那佛会"，这是飞来峰雕刻中最为精致的作品。石龛里正中坐在莲花座上的是卢舍那佛，他是佛教密宗的最高神，左右两侧骑在狮、象之上的是文殊菩萨和普贤菩萨，还有四天王和四菩萨像，再加上随身供养的，一共15尊。龛外还有两个"飞天"浮雕，都是北宋乾兴元年（1022）的作品。这组浮雕，结构完整，雕刻线条非常细腻生动，很有现代装饰画风格。洞内除了古代石刻，还有济公传说中的遗迹。这块酷似石床的岩石就是"济公床"。

走进"玉乳洞"，四壁所刻20多尊真人大小的罗汉都是北宋真宗咸平四年（1001）的造像。这个洞内还有个"岩石室"，传说晋代道人、炼丹专家葛洪的祖父葛孝先就是在这里修炼而得道成仙的。洞前那块岩石平台，称"翻经台"，相传南北朝诗人谢灵运曾在这里翻阅过经书。在玉乳洞东端两侧还有六祖像，他们分别是：初祖达摩、二祖惠可、三祖僧璨、四祖道信、五祖弘忍、六祖慧能，合称"震旦六祖"。

灵隐寺和飞来峰的古代石窟造像，是我国悠久的佛教文化、精湛的佛教艺术的体现。一寺一峰，镶嵌在杭州西湖北面的层峦叠嶂和密林秀谷之中，它们像一对明珠，相映生辉；像一块合璧，相得益彰。

龙井问茶

一

龙井茶得名于龙井。龙井位于杭州西湖之西翁家山的西北麓，即现在的龙井村。龙井原名龙泓，是一个圆形的泉池，大旱不涸，古人以为此泉与海相通，其中有龙，因称龙井。龙井泉确有一奇特之处，就是当搅动井水时，水面上就会出现一条蠕动的分水线，仿佛游龙一般。据说这是因为地面水和地下泉水相互冲撞，两种水的比重和流速不同所致。这一奇异的自然现象，给人增添了不少乐趣。

二

龙井村位于西湖西边群山中的九溪十八涧中，东临西子湖，西依五云山，南靠滔滔东去的钱塘江水，北抵插入云端的南北高峰，中心地带是烟云低垂的狮子峰。四周群山叠翠，怪石林立，古木参天，松篁交翠，自然景色优美，就如一颗镶嵌在西子湖畔的翡翠宝石。

九溪十八涧，在清人俞樾笔下是："重重叠叠山，曲曲环环路，叮叮咚咚泉，高高下下树。"水随山转，山因水活。这里的山和树，都因有了这纵横交错、蜿蜒曲折而又奔流不息的水的滋养而丰茂，更构成了狮子峰、龙井、灵隐、五云山、虎跑、梅家坞一带草炭和石英构成的透析良好的肥沃土壤。这里周围山峦重叠、林木葱郁，地势北高南低，既能阻挡北方寒流，又能截住南方暖流，在茶区上空常年凝聚成一片低温的云雾，形成九溪烟树的独特景象。得天独厚的自然环境，造就了被誉为"中国第一茶"的西湖龙井茶。明人陈眉公作《试茶》诗："龙井源头问子瞻""不到兹山识不全"。清乾隆游览杭州西湖时，盛赞龙井茶，并把狮峰山下胡公庙前的十八棵茶树封为"御茶"。

三

西湖龙井茶位列中国十大名茶之首。因具有色翠、香郁、味醇、形美"四绝"而著称于世。其茶含氨基酸、叶绿素、维生素 C 等成分均比其他茶叶多，营养丰富，有生津止渴，提神益思，消食利尿，除烦去腻，消炎解毒等功效。特级西湖龙井扁平光滑挺直，色泽嫩绿光润，香气鲜嫩清高，滋味鲜爽甘醇，叶底细嫩呈朵。清明节前采制的龙井茶，称"明前龙井"，谷雨前采制的叫"雨前龙井"。一向有"雨前是上品，明前是珍品"的说法。

西湖龙井有龙、云、狮、虎之别，以狮峰龙井为最，其中奥妙，唯去龙井品茗问茶方可悟出，因此有"龙井问茶"之称。西湖龙井的品级，先是按产期先后及芽叶嫩老，分为八级，即"莲心、雀舌、极品、明前、雨前、头春、二春、长大"。今分为十一级，即特级与一至十级。一斤特级龙井，有茶芽达8万个之多。狮峰龙井为龙井茶中之上品。该茶采摘有严格要求，有只采一个嫩芽的，有采一芽一叶或一芽二叶初展的。其制工亦极为讲究。元人虞集咏茶诗有"烹煎黄金芽，不取谷雨后。同来二三子，三咽不忍漱"。

四

"龙井茶，虎跑水"，是闻名中外的杭州双绝。虎跑泉，相传是唐代高僧性空禅师在此梦见有猛虎在山上刨地出泉，醒后依梦中所见寻找，果然找到甘美泉水。所以叫"虎刨泉"，后来以讹传讹，变成"虎跑泉"。

虎跑泉水质纯净，甘冽醇厚。苏轼诗《虎跑泉》中以"金沙泉涌雪涛香，洒做醍醐大地凉"盛赞虎跑的泉水。郭沫若曾赋诗赞道："虎去泉犹在，客来茶甚甘。"用虎跑水冲泡龙井茶时，取一玻璃杯，用虎跑水冲进杯中，只见朵朵茶芽袅袅浮起，旗枪交相辉映，好比出水芙蓉，俏嫩可人。茶汤碧绿，香气清高，滋味甘醇，沁人心脾。清人龚翔麟诗《虎跑泉》："旋买龙井茶，来试虎跑泉。松下竹风炉，活火手自煎。老谦三昧法，可惜无人传。"清代品茶名家赞誉："甘香如兰，幽而不冽，啜之淡然，看似无味，而饮后感太和之气弥漫齿颊之间，此无味之味，乃至味也。"

附带说一下，龙井茶因其产地不同，分为西湖龙井、钱塘龙井（萧山、富阳）、越州龙井（新昌县的大佛龙井、嵊州市的越乡龙井）三种。除了杭州市西湖区所管辖的范围（龙井村梅家坞至龙坞转塘十三个生产大队）的茶叶叫作西湖龙井外，其他产地产的俗称浙江龙井茶。浙江龙井又以越州龙井为胜。

百年酒楼

　　"一楼风月当酣饮，十里湖山豁醉眸。"这副楹联说的就是杭州西湖百年菜馆"楼外楼"。它坐落在景色清幽的孤山南麓，面对淡妆浓抹的佳山丽水。这座已有150多年悠久历史的名菜馆素以"佳肴与美景共餐"而驰名海内外。

　　菜馆始建于道光二十八年（1848）。此菜馆业主是一位清朝的落第文人，名叫洪瑞堂。他与妻子陶秀英由绍兴东湖迁至钱塘，定居在孤山脚下的西泠桥畔，以划船捕鱼谋生。夫妻都是从鱼米之乡绍兴而来，在烹制鲜鱼活虾方面有一技之长。他俩先是捕鱼虾选佳者烹制出售，后来想到西泠桥一带无饮食店，便在略有积蓄之后开了一间规模较小的菜馆，当初仅是一处平房，地处六一泉旁，位于俞楼与西泠印社之间。

　　因菜馆建在清代著名学者俞樾（字荫甫，自号曲园居士）先生的俞楼前侧，洪瑞堂就到俞楼请先生命名，曲园先生说："既然你的菜馆在我俞楼外侧，那就借用南宋林升'山外青山楼外楼'的名句，叫'楼外楼'吧！"

　　最初的楼外楼"仅是一处平房"，是一爿很不起眼的湖畔小店。但由于店主人善于经营，又烹制得一手以湖鲜为主的好菜，还特别重视与文人交往，使得在杭及来杭的文人雅士都把到楼外楼小酌，作为游湖时的首选，因此，生意日益兴隆，声名逐渐远播。

1926年，已颇有财力的洪氏传人洪顺森对楼外楼进行翻造扩建，将一楼一底的两层楼改建成有屋顶平台的"三层洋楼"，内装电扇、电话，成为当时杭州颇有现代气息的酒家，因而生意更为兴隆。在这期间，光临过楼外楼的文化名人有俞曲园、吴昌硕、章太炎、鲁迅、郁达夫、马寅初、竺可桢、曹聚仁、楼适夷、梁实秋、马一浮等，孙中山、蒋介石、陈立夫、孙科、张静江等政要也曾多次光临。新中国成立后，周恩来、陈毅、贺龙等老一辈革命家以及文化名人丰子恺、潘天寿、吴湖帆、盖叫天、江寒汀、赵朴初、唐云等，也多次临楼品尝名菜佳肴、题诗作画。

"西湖醋鱼何处美，独数杭州楼外楼。"杭州人有种习俗，凡有宾客，必到楼外楼品尝杭菜风味。外地游人玩西湖，不上楼外楼，似乎没有真正领略杭州的美味佳肴。

"以菜名楼，以文兴楼"的楼外楼，名厨云集，佳肴迭出，菜肴注重色、香、味、形、质。西湖醋鱼色泽红亮，酸甜鲜合一，鱼肉鲜嫩，有蟹肉滋味；龙井虾仁色泽素雅，鲜爽脆嫩；东坡焖肉油润酥糯，香郁味透；叫花童鸡鸡肉酥嫩，香气袭人，别有情趣；干炸响铃色泽黄亮，豆香诱人，松脆鲜美。除西湖醋鱼、龙井虾仁等传统名菜外，还有一大批风味特色菜。

楼内各餐厅装饰典雅，环境优美，设施齐全。从20世纪90年代中期开始，杭州加快了西湖整治步伐，使整个湖区的面貌焕然一新。楼外楼也先后六次分别对各个餐厅、包厢以及大堂门面进行大装修。经过这番装修，楼外楼从外到里、从整体布局到细部结构都更好地体现了西湖的历史、地域的文化内涵，使人在此享受到美食美景的同时，又能自然地感受到浓浓的文化氛围和情调。

在这番装修中，楼外楼请东阳木雕大师陆光正为他们设计创作了一帧大型壁雕：《东坡浚湖图》。这帧壁雕有50平方米，共85个人物，连成一气的五个场景，真实生动地记录和反映了900多年前苏东坡率众浚西湖、筑苏堤、架六桥的全过程。这是东阳木雕中少见的精品巨作，气势恢宏，精美绝伦，令每一个到楼外楼的宾客都会眼前一亮，在大饱口福之前，先饱一番眼福。

楼外楼成了中外宾客必到之处。楼外楼接待过西哈努克亲王等国家元首和众多国外贵宾，在国际上享有盛誉。楼外楼一直流传着这样一个故事：

1973年9月16日，周总理陪同法国总统蓬皮杜到杭州访问，游览花港观鱼。送别法国客人，时届中午，周总理对身边工作人员说："走，到楼外楼去，今天我请客。"

总理来了，楼外楼的职工都上前跟他握手，并热情问候。当得知总理还没吃饭时，急忙将他迎进餐厅。周总理笑容满脸，轻轻地对姜松龄说："姜师傅，搞三两个菜就行了，就几个人。""一切从简，饭菜做得简单一点，少一点，多了浪费。"周总理见服务员按宴会的要求布置餐桌，赶紧摇摇手说。

午餐后，周总理要走了。楼外楼的干部职工沿着过道两侧，排成两行，鼓着掌，欢送周总理。周总理与姜松龄等楼外楼职工一一握别。

周总理与大家握手告别后，向门外走去。"恩来，还有一位没有握手呢！"邓颖超指了指刚从里间出来的顾美珍说。周总理一听，转身走到职工顾美珍面前，紧紧握住小顾的手说："小顾，你辛苦了，谢谢你！""总理，就餐的钱已经付了。"警卫秘书高振普结完账立即向周总理报告。"吃饭付钱，天经地义。付了多少钱？"周总理问得很细。"11元2角9分。""那么便宜，不够，再去加钱嘛。"周总理催促说。

姜松龄闻讯过来制止了高振普。

周总理说："姜师傅，你不收钱，我就不走了。"他拗不过周总理，只好又收下5元钱。

"不够的，要照市场价收费，不要搞内部价。你们不要像哄小孩那样哄我们。"周总理严肃地说。

姜松龄感到十分为难，但见周总理十分严肃的样子，只好再收下5元钱。一共收了21元钱。周总理看到警卫秘书拿了再次付款的发票后，才起身下了楼。

在笕桥机场，临上飞机前，周总理对高振普说："楼外楼的饭钱是不够的，请你再补交10元钱给省里的同志带回去。"高振普很快把10元钱交给了省委的同志，请他转交楼外楼菜馆。

回到北京后不久，一封楼外楼寄来的信摆到了周总理办公室的桌面上。

原来，楼外楼收到周总理补交的10元钱后，深受感动。他们认真地按市场价格核算了周总理的这顿饭的费用，结果总共应付19元9角。随后，他们写了封信，随信还附有一张饭菜的清单，标明了价格，连同多余的10元钱一同寄到了周总理办公室。

高振普把这封信给了周总理，周总理看了信笑呵呵地说："这就对了，不能搞特殊。"

这是百年酒楼楼外楼的干部职工最津津乐道的事情。

海涌虎丘

一

在远古时代，一片汪洋大海之中，点点山岛耸峙。其中有一山岛最为矮小，潮起潮落之时，若沉若浮，若隐若现。

"何年海涌来？霹雳破地脉，裂透千仞深，嵌空削苍壁。"沧海桑田，历经变迁，山岛终于从海中涌出，成为陆地上的一座丘山。

现在，虎丘正山门广场立有"海涌"的石碑，头山门的照墙上有"海涌流辉"四个大字，说明海里的这座丘山，不知何时有了"海涌山"之称。

2500年前，春秋时期，这里是吴王阖闾的离宫所在。

相传，春秋时期，吴王阖闾请当时最有名的铸剑师干将莫邪夫妇为他铸剑。剑铸好后，阖闾以石试剑，将石头一劈为二。

在千人石东土丘之上有座孙武子亭。这是为纪念吴王阖闾的将领孙武而建。他所写的《孙子兵法》是世界兵书的鼻祖。1985年，张爱萍

同志为此亭题匾，同时题写了"孙子兵法，克敌制胜，娇娘习武，佳
话流传"的碑文。

公元前496年，阖闾在吴越之战中负伤后死去，其子夫差把他葬在
山上。并将阖闾生前喜爱的"扁诸""鱼肠"等三千柄宝剑一同随葬。
据说葬后三日，金精化为白虎蹲其上，故号此山为"虎丘"。

二

宋朝大文豪苏东坡说："到苏州不游虎丘乃憾事。"虎丘融皇家园
林、佛教名山，游览胜地为一体，为"吴中第一名胜"。

虎丘是个皇家园林，山虽然不高，但不是人造假山，有森林，有洞
水，有吴王阖闾的陵寝，有繁多名胜古迹。

在"别有洞天"圆洞门旁刻有"虎丘剑池"四个大字，浑厚遒劲，
为唐代大书法家颜真卿独子颜頵所书。圆洞内石壁上另刻有"风壑云
泉"，传为宋代书法家米芾所书。崖左壁有篆文"剑池"二字，传为大
书法家王羲之所书。

剑池是虎丘最为著名的景点，称它为剑池的原因，一是这池形若一
把平铺的剑；二是传说当年吴王阖闾随葬的有扁诸、鱼肠宝剑三千把；
三是传说秦始皇与孙权都曾来这里挖过剑，剑池就是由他们所挖而成
的。剑池可以说是虎丘最为神秘的地方，传说吴王阖闾墓的开口处就在
这里。1955年疏浚剑池，戽干水后，于池北最狭处发现一丈多长的隧
道。尽头竖有石板，形似墓门。恐影响上方云岩寺塔的安全，遂未深入
发掘，随即封没。

　　康熙、乾隆六下江南，七游虎丘，使虎丘的山水自然风光，更增添了一种帝王气象。

　　1689年，康熙二下江南，再游虎丘。来之前，下了一道谕旨"将江南积年民欠一应地丁、钱粮、课税与蠲除"。苏州城官民感激皇恩，纷纷捐资，将虎丘修葺一新，先后建起了万岁楼、御碑亭、文昌阁，以及宏伟的行宫"含晖山馆"。接着又重修了大雄宝殿、千佛阁，新建了千手观音殿、地藏殿。康熙、乾隆先后在虎丘题写匾额楹联数十处，吟诗不下20首。二帝书写的匾额对联，高悬在虎丘的殿堂楼阁，使虎丘的山光水色得以升华。康熙为虎丘山寺题写雅名"虎阜禅寺"，金匾至今高悬于头山门。当时山前山后轩榭亭台逶迤参差，多达5080余间，共有胜景200多处。其中白堤春泛、莲池清馥、可中玩月、海峰雪霁、风壑云泉、平林远野、石涧养鹤、书台松影、西溪环翠、小吴晚眺，号称"虎丘十景"，呈现一派皇家园林的气象。

<h2 style="text-align:center">三</h2>

　　虎丘还是个佛教名山。虎丘的山门都是黄色的，说明虎丘里面肯定有寺庙，但准确地讲应该是寺里面有虎丘，因为虎丘整座山都是藏在寺庙里的。虎丘是寺包山、山包寺，与其他佛寺非常不同。

　　东晋时，司徒王珣及其弟王珉各自在山中营建别墅，咸和二年（327），双双舍宅为虎丘山寺，地分两处，称东寺、西寺。

　　虎丘由帝王陵寝成为佛教名山和游览胜地是始于南北朝。刘宋高僧竺道生从北方来此讲经弘法。他提出了"顿悟成佛"和"一切众生悉有佛性""苦海无边，回头是岸；放下屠刀，立地成佛"的学说，这在中国佛教发展史上是一次突破。当时听他讲经的人很多，当他讲到一切恶人皆能成佛时，其中有一块石头突然之间向他微微点头示意，意思仿佛是说"我懂了"。这块石头就是池中的点头石，当时正值严冬，但池中的白莲花却竞相开放了，池水也盈满了，所以有"生来池水满，生去池水空""生公说法，顽石点头，白莲花开"的说法。

断梁殿，是虎丘的二山门，建于元代，至今已有 600 多年的历史。上面的主梁是断的，是用两根木料建成的。它的建成主要是运用了力学中的杠杆原理，在这断梁下有一排斗拱相托，通过斗拱将中间所承受的力分散到四周，采用了"挑梁式"的建筑方法，然后再靠两边的琵琶吊、四个角上的棋盘格来支撑四周，从而达到节省大木料的目的。在建造此殿时，全殿不用金属构件固定，只用竹木钉榫。殿内有四块石碑，上面记载着虎丘的历史和云岩寺塔的修建情况。轻轻敲打这些碑石，有咚咚回声，所以又叫响碑。

南宋时，高僧绍隆在虎丘山寺创禅宗临济宗"虎丘派"，绍隆因此被后人尊为临济十二祖，其影响至今不衰。

虎丘还有多处道教遗存，历史上形成前佛后道的格局，在后山构成了一天门、二天门、三天门到小武当、中和桥、石牌坊、真武殿、玉皇殿一组系列道观建筑。清嘉庆年间重建的"二仙亭"，内有记载道教名人吕洞宾和陈抟在虎丘相遇对弈的石碑。相传有一天这二位大仙在这里下棋，一位樵夫看到，于是就走过来观棋，观完一盘棋，回到家中，可是家里人谁也不认识他，后来人们从他的衣着猜想他是千年以前的人。真所谓"仙人一盘棋，世上已千年"。

唐武宗李炎"会昌灭佛"，将建寺已 500 余年的虎丘东西二寺拆得片瓦无存。后来佛教得到恢复，重建的虎丘山寺合二寺为一寺，并从山下迁移到山上，逐步形成保留至今的依山而筑的格局。山下则另建东山庙和西山庙，以纪念舍宅为寺的王珣、王珉兄弟。

五代时期，钱元、钱文奉父子治理苏州数十年，虎丘的寺院和胜迹在这一时期也得到了维修和发展。虎丘的云岩寺塔，即虎丘塔，就是五代最后一年后周显德六年（959），至北宋建隆二年（961）的建筑。这座塔是江南现存时代最早、规模宏大、结构精巧的一座佛塔。这座塔斜而不倒。高高耸立在山顶的虎丘塔已经成了苏州的标志。1961年该塔被国务院列为全国重点文物保护单位。1981年至1986年对该塔进行"加固塔基"的第二次大修，使倾斜已达2.34米的千年古塔转危为安。

四

虎丘更是个游览胜地，是文人雅士的聚会之处。晋代顾恺之赞虎丘为"含真藏古"之地，南朝顾野王留有"抑巨丽之名山，信大吴之胜壤"的赞叹。唐时虎丘离城虽近，但无大路和河流可通，交通极为不便。宝历元年（825），白居易出任苏州刺史，带领苏州百姓自阊门至虎丘开挖河道与运河贯通，沿河修筑塘路直达山前，并绕山开渠，形成环山溪。事后，有人写诗《武丘寺路》："自开山寺路，水陆往来频。银勒牵骄马，花船载丽人。芰荷生欲遍，桃李种仍新。好住河堤上，长留一道春。"虎丘山下溪流映带，碧波潺湲，远远望去虎丘山恍若海上仙岛。从此水陆称便，游人络绎不绝。为纪念白居易功绩，后人称塘路为白公堤，河为山塘河，皆长七里，号称"七里山塘"。

由清朝状元洪钧倡议建于 1884 年的拥翠山庄，依山而筑，是江南园林中少数台地园之一。其利用山体地形起伏变化，营造亭台轩榭，布局灵活，巧于因借，融园景于山景之中。1918 年吴中名士金松岑、费仲深、汪鼎丞等募建冷香阁，并于阁旁植红绿梅数百株，成为品茗赏梅胜地。此后 10 余年，又陆续修建了头山门、石观音殿、申公祠、三泉亭、致爽阁、可中亭诸胜。

虎丘的山水名胜为市民提供了一个交流聚会的场所，逐渐形成了一系列具有浓厚民俗风情和吴文化特色的游览集会活动，如"三市三节"，即春之牡丹市、夏之乘凉市、秋之木樨市，清明、七月半、十月朝。届时，苏州百姓邀约齐聚虎丘，或赏国色天香之牡丹，或享清幽旷远之凉风，或闻沁人心脾之木樨。还有著名的中秋曲会和元宵灯节。明代袁宏道在《虎丘记》中写道：虎丘"中秋为尤胜。每至是日，倾城阖户，连臂而至"。张岱在《虎丘中秋夜》中写道：中秋夜的虎丘，人们"皆铺毡席地而坐，登高望之，如雁落平沙，霞铺江上"。丰富多彩的民俗活动诞生了许多民间故事和传说，著名弹词《玉蜻蜓》《三笑》的主要故事情节就发生在虎丘一带。虎丘的民俗活动还促进了当地民间工艺泥塑、花露、草席等的发展。这些民俗活动、民间故事和民间工艺流传至今。

五

新中国成立后，1953 年 6 月苏州市设立园林管理处，并组成"园林古迹整修委员会"，逐步对虎丘全面修葺。1955、1956 年虎丘陆续新建了放鹤亭、涌泉亭、海涌桥，开通了环山河、疏通了第三泉，修整了百步趋，重建了花雨亭。1959年重建通幽轩、玉兰山房，整修了小武当、十八折和环山路。1980、1981年重修小吴轩，照墙及头山门，整修冷香阁。1980年至1982年新建了万景山庄，陈列数百盆树桩和水石盆景。还在后山新建分翠亭、揽月榭。1989年，开始大规模对失修、破损的建筑、石刻、匾联逐步进行维修、保护和复原。同时广植花木，植树22000多株。春花、夏荫、秋果、冬翠，四时佳景清丽可人，千古名山生机盎然。

2002年，虎丘山风景区被评为首批国家AAAA级旅游景区。

2011年，被评为国家AAAAA级旅游景区。

寒山钟声

古老而年轻的大运河，从杭州出发，一路奔来，直抵苏州城西阊门十里。河水浩荡，千帆竞发，一派繁忙喧嚣。一到晚上大船小舟，系缆河边，万籁俱寂，隐约几点渔火。

大运河的东面，有一座闻名海内外的千年古刹——寒山寺。寒山寺注定与众不同。它的朝向不像大多数寺院坐北朝南，而是坐东朝西，面向大运河；它殿堂的分布不是在一条中轴线且两边对称，而是处处皆院，错落相通。但这还不是主要的。它的独特在于两点：一是供奉寒山、拾得；二是《枫桥夜泊》诗碑。

先来说《枫桥夜泊》诗碑。

传说唐代诗人张继去长安赴考，落第而返，心中烦恼，久郁不去。听说到寒山寺闻钟，能消愁解烦，于是乘舟东下，一试究竟。船到达枫桥，已是半夜时分。初冬季节，河中寒气逼人，岸上满地白霜，几声乌啼传来，倍感凄厉。诗人夜宿客船，难以成眠。此时，忽然听到寒山寺传来的钟声，悠远有力。张继有感而发，吟道："月落乌啼霜满天，江枫渔火对愁眠。姑苏城外寒山寺，夜半钟声到客船。"遂题名《枫桥夜泊》。此诗千百年来，流传不已，甚至漂洋过海，在东瀛几乎家喻户晓，日本的小学把《枫桥夜泊》作为课文来讲并让学生背诵。

《枫桥夜泊》诗为历代名人书写，刻成石碑，经历千年风雨，屡毁屡建。如今寺内所存的《枫桥夜泊》诗碑，碑廊中比较著名的有俞樾于 1906 年所书写，钟房南侧有性空法师于 2001 年所书写。

再来说寺内供奉的寒山、拾得。

在大雄宝殿里，供奉着白玉须弥座安奉释迦牟尼佛金身佛像。佛像背后与别处寺庙不同，供奉的不是海岛观音，而是唐代寒山、拾得的石刻画像。画像出自清代扬州八怪之一罗聘之手，用笔大胆粗犷、线条流畅。图中寒山右手指地，谈笑风生；拾得袒胸露腹，欢愉静听。

寺内藏经楼底层为寒拾殿，殿中立有寒山、拾得二人的石雕像。

历史记载，寒山，又称寒山子，唐代贞观年间人，原居住于始丰县（今浙江天台）寒岩，擅长诗词文章，写有诗 300 余首，后人辑为《寒山子诗集》；拾得，本是孤儿，后入天台山国清寺为僧，故取名为"拾得"，与寒山是好友。

民间有寒山、拾得的传说。唐贞观年间有两个年轻人，一名寒山，一名拾得，他们从小就是非常要好的朋友。长大后父母为寒山与一位姑娘定了亲。然而，姑娘却早已与拾得互生爱意。一个偶然的机会，寒山知道了事情的真相，他决定成全拾得的婚事，独自去苏州出家修行。拾得不见寒山，心中奇怪。他找到寒山的家，只见门上插有一封留给他的书信，信中寒山劝他及早与姑娘完婚，并祝他俩美满幸福。拾得恍然大悟，深感对不起寒山。他决定离开姑娘，动身前往苏州寻觅寒山。时值夏天，在前往苏州的途中，他看到路旁池塘里盛开着一片美丽的荷花，顿觉心旷神怡，就顺手采摘了一朵带在身边。拾得终于在苏州城外找到了好朋友寒山，手中的那朵荷花依然鲜艳芬芳。寒山见拾得到来，心里高兴极了，捧着盛有素斋的篾盒迎接拾得，两人会心地相视而笑。后来寒山、拾得遂成为民间传说中的"和合二仙"。

在佛教界和民间还广为流传着寒山、拾得的问答名句。寒山问拾得：世间有谤我，欺我，辱我，笑我，轻我，贱我，恶我，骗我，如何处治乎？拾得曰：只是忍他，让他，由他，避他，敬他，不要理他，过十年后，你且看他！

寒山寺素以钟声闻名天下，又以寒山、拾得的故事传播"和合"的传统文化。

每年元旦、除夕的子夜，寒山寺法师都会敲响钟声。钟声悠远有力，荡涤人心，传到大运河，传到枫桥边，传到人心中，随着108下钟声敲过，过去的烦恼随风而去，"和合"的种子播进了心田，一个崭新的人生从此刻开始。

苏州阊门

苏州是座有着 2500 年历史的古城。在历史的风雨中，这座城几度繁荣，几度衰败，又几度崛起。苏州的城墙及其城门，也随着城的命运跌宕起伏。自然的侵蚀、战争的毁坏、人为的拆除，使这座城毁了建，建了毁，屡毁屡建。直至今日，古城各门的修复仍在继续。

苏州古城内现仍保存着九座城门：胥门、阊门、盘门、蛇门、相门、娄门、齐门、平门、金门。而作为九门之一的阊门，素有盛名。

阊门始建于春秋时期。《吴越春秋》记载："立阊门者，以象天门，通阊阖风也。"故又名阊阖门。阖闾率大军由此门出城远征楚国，表示出一定要打败楚国的决心，故把阊门称为"破楚门"。战国时，吴属楚，复名阊门。古时阊门楼阁，十分壮丽。魏晋时期的陆机《吴趋行》云："阊门何峨峨，飞阁跨通波。重栾承游极，回轩启曲阿。"

北宋时，门上亦有楼三间，甚宽敞。苏舜钦尝题诗于上。《吴郡图经续记》云，此门旧有李阳冰篆额。南宋建炎（1127—1130）年间门废。元末重建阊门城楼后，曾题额"金昌门"，而"吴人呼阊门已久，不能遽改，名之如故"。

元末张士诚据苏府，曾添筑瓮城，亦称月城。清初又增辟水门，修建门楼，题额"气通阊阖"。据乾隆《苏州府志》和《姑苏繁华图》所绘，阊门筑有瓮城，陆门西临吊桥，东接阊门内大街（今西中市）；水门西临聚龙桥，东接水关桥。今西中市城门口至吊桥间为月城大街。太平天国战争瓮城被毁后，改建成小月城。

民国十六年（1927），小月城被拆建成阊门广场。民国二十三年（1934）为改善交通，又拆去阊门，改建为与金门相仿的罗马式城门。

1958年"大炼钢铁"时，城门被拆除，钢筋被取走利用，城砖用于砌小高炉。1966年"文化大革命"后，城墙继续被拆毁。1982年将原城门北到沿河的城墙连土基全部推平，筑成4路公共汽车站台、盘车道、始发站。水门于20世纪50年代初尚有木栅门，20世纪60年代还留有青石拱券，如今仅存青石金刚墙。

阊门享有盛名更重要的原因是明清时期这一带曾经是全苏州最繁盛的商业街区。包括城外呈放射状的南濠街（今南浩街）、上塘街和山塘街，以及城内的阊门大街（今西中市）。与这些街道平行，又有外城河、内城河、上塘河（京杭大运河古河道）、山塘河（通往虎丘）分别从五个方向汇聚于此，所谓五龙聚首之地。水上交通辐辏，四通八达，商旅船只，络绎不绝。

明代唐寅的诗作《阊门即事》写道："世间乐土是吴中，中有阊门更擅雄。翠袖三千楼上下，黄金百万水西东。五更市卖何曾绝，四远方言总不同。若使画师描作画，画师应道画难工。"

《红楼梦》开篇就说"阊门最是红尘中一二等富贵风流之地"。

清代乾隆年间的名画《姑苏繁华图》《盛世滋生图》都表现了当时阊门至枫桥的十里长街，店铺多达数万家，丝绸、染织、烟草、米行、杂货、药材、珠宝、古玩、茶寮、酒肆、菜馆、戏院、青楼等，各行各业应有尽有。民宅、会馆、公所、行帮、商会纷列其间。清朝的孙嘉淦在《南游记》里这样描述阊门："居货山积，行人流水，列肆招牌，灿若云锦。"

明清两代阊门商业的繁荣，主要得益于其交通便利，尤其是水运。苏州地区水网密布河道纵横，外连京杭运河，水运环境得天独厚。阊门又位于水陆交通要冲之地，城河沿岸运输码头众多，"凡南北舟车，外洋商贩，莫不毕集于此"，这里成了当时苏州最大的货物集散地和商贸中心。不仅如此，它还是苏州对外贸易的一个口岸。"雷允上""沐泰山"的成药从这里远销海外，一些舶来品，比如南洋的玳瑁、日本的漆器、朝鲜的折扇等，也能在这里买到。

1860 年 5 月，太平天国忠王李秀成攻打苏州。江苏巡抚徐有壬和总兵马德昭接连颁布三道命令，烧毁城外商业区，以巩固城防："首令民装裹，次令迁徙，三令纵火。"于是曾经繁华盖世的阊门商业区，直到枫桥寒山寺，转眼之间化为灰烬，数十万苏州市民逃往上海租界。

时人曾作《姑苏哀》："清军十万仓皇来，三日城门闭不开。抚军下令烧民屋，城外万户成寒灰。健儿应募尽反颜，弃甲堆积如丘山。"

1894 年甲午战争后，清政府洋务局在阊门外设商埠，开石路，进一步推动了阊门地区商业和金融业的发展。1908 年苏州城共有钱庄 24 家，其中 20 家都聚集在阊门大街，也就是现在的西中市。

民国初期，最早进入苏州的三家银行（中国银行、交通银行、上海商业储蓄银行）的支行以及后来成立的苏州银行公会，地点都设在西中市附近。

此时，苏州的经济中心地位已经为上海所取代，所以阊门商业区虽有恢复，其地位甚至不及城内的观前街。

说起修复阊门，与其说还原《姑苏繁华图》《盛世滋生图》里那个商贾辐辏、百货骈阗的阊门，不如说苏州人在编织一个时代的梦想，对繁盛富庶、祥和安泰的人间乐土的憧憬和追求。

修复阊门的规划设计力求恢复明清时代的风貌，凸显商业特色，以符合阊门的历史风貌特征。

已修复的阊门城楼、新吊桥，既适应了现代交通需求，又与阊门的整体风貌相和谐。随着阊门节点规划的逐步实施，渡僧桥、山塘桥也要重建。在百间楼与五泾庙之间还要架起一座五拱的人行石桥——五龙桥，横跨护城河的东西两岸。

阊门节点的远期规划目标是实现步行化，以阊门地区为重要枢纽，使苏州古城西北部的历史地段连为一体。为了实现这一目标，一批市政道路建设项目将同步跟上。

阊门节点规划中的另一个重要部分，是所谓"五龙汇阊"景点。设计围绕纪念白居易的主题展开，由白居易祠、乐天广场及相配套的旅游服务设施组成。在白居易祠东侧利用地形的高差布置下沉式的步行街，在它的东南角将设一个亲水观景平台，在那里可以看到阊门的全貌。

新的阊门正在从规划逐渐变成现实，一幅幅新的《姑苏繁华图》《盛世滋生图》正在绘就，值得我们展开想象和热切期待。

家住石湖

"桥西一曲水通村，岸阁浮萍绿有痕。家住石湖人不到，藕花多处别开门。"

这首诗是南宋词人姜夔所作，题名《次石湖书扇韵》。诗中"家住石湖"的主人是南宋诗人范成大。范成大曾任南宋参知政事，曾以资政殿大学士身份出使金国，见金主时词气慷慨，并冒死违例私自上书，为南宋利益竭力抗争。后因与孝宗政见不合，去职归隐石湖，自号石湖居士。淳熙十四年（1187）夏，姜夔去拜访范成大时写了这首诗。

这首诗前两句，描绘的是江南水乡特有的景色，同时也自远渐近，显现出范成大的"家"（石湖别墅）的方位。湖上烟波浩渺，湖岸林荫繁茂，湖水和溪流相接处滞留着浮萍绿色的痕迹，凭借这一点姜夔找到了通向村落的路径。后两句，赞扬了主人非同一般的品格和情趣。范成大远离尘世的喧嚣，那些趋炎附势之"人"是不会到访范家的。在荷花繁盛的地方别开门户，体现了主人高雅的志趣。

姜夔是范成大的同道好友，两人常诗歌酬唱，切磋交流。绍熙二年（1191）冬天，姜夔再访范成大，作《雪中访石湖》诗，范成大也写诗作答。姜夔在范家踏雪赏梅，范成大向他征求歌咏梅花的诗句，姜夔填

《暗香》《疏影》二词。范成大让家妓习唱，音节谐婉，他闻之大为喜悦，特意把家妓小红赠送给姜夔。除夕之夜，姜夔在大雪之中乘舟从石湖返回苕溪之家，途中作有七绝十首，写下了"小红低唱我吹箫"的名句。

范成大《重修行春桥记》曰："凡游吴中而不至石湖，不登行春，则与未始游者无异。"他描述石湖："上方暮霭渐聚凝，山巅塔影仍娉婷。苏女傍晚弄扁舟，双桨划破半湖镜。"在石湖隐居期间，他著有组诗《四时田园杂兴》。

在石湖，若在上方山上徜徉，在石湖岸畔流连，往往会为邂逅白居易、韦应物、刘禹锡、皮日休、陆游、杨万里、倪云林、沈周、文徵明、唐寅、仇英、汪琬、李根源、顾野王、申时行等人的遗迹，而惊喜不已。

石湖属于太湖一内湾，居上方山东麓，太湖之滨。春秋时期，因越人进兵吴国，凿山脚之石以通苏州而得名。石湖南北长 4500 米，东西宽 2000 米，水域面积 256 万平方米，分为东石湖、西石湖和南石湖 3 个湖面，共有吴堤、越堤、石堤、杨堤和范堤 5 堤。石湖"一面青山三面水"，以其一碧千顷，如练似镜，诸峰映带，古塔青松的秀丽之姿而誉满天下。

石湖曾是春秋时代吴国的王室苑囿，为吴国贵族游猎之地，也是吴越争霸的古战场。这里有越王勾践、文种、范蠡、西施、伍子胥等人留下的足迹，足以引发人们的吊古幽思和无限感慨。

清代诗人龚自珍有诗云："拟策孤筇避冶游，上方一塔俯清秋。"上方山，又名楞伽山，海拔 92.6 米，位于石湖西侧。"一塔"指的就是立在上方山的楞伽寺塔。明代文学家袁宏道称，此塔如披褐道士，丰神特秀。玲珑塔影成为湖光山色的点睛之笔。北部山腰有治平寺，寺前有直径一丈八尺的越公井，井上有冽泉亭。宝积山之北有吴王郊台。东北即三面临水的茶磨屿，相传吴王曾在此射箭比武，故亦称射台。屿上有吴城遗址。

行春桥位于茶磨屿东，石湖北诸，又名长桥、九环洞桥。桥身九洞相连，湖水越洞而出。苏州有一风俗，农历八月十八赏月。届时明月初升桥洞中月影如串，随波荡漾。明代吴门画派文徵明曾为此景作过一幅《泛舟石湖》诗画卷。石湖串月，与北京的卢沟晓月、杭州的三潭印月、四川的峨眉秋月齐名天下。

渔庄，又名余庄，位于石湖东北渔家村，相传为范成大石湖别墅农圃堂故址。由近代书画家余觉所建。渔庄有厅堂两进，面阔五间。前厅"福寿堂"，福、寿二字为慈禧太后所赐。余觉的妻子是近代苏绣能手沈云芝。光绪三十年（1904）十月是慈禧太后的七十寿辰，清政府谕令各地进贡寿礼。余觉得知消息后，从家藏古画中选出《八仙上寿图》和《无量寿佛图》作为蓝本，由沈云芝等人绣成寿屏进献。慈禧见到绣品《八仙上寿图》和另外三幅《无量寿佛图》，大加赞赏，称为绝世神品。她除授予沈云芝四等商部宝星勋章外，还亲笔书写了"福""寿"二字，分赠余觉夫妇。从此，余觉改名余福，沈云芝更名沈寿。

乾隆皇帝六下江南而六临石湖，赞曰："佳丽江山到处同，唯有石湖乃称最。"

清代词人沈朝初作《忆江南》："苏州好，串月有长桥。桥面重重湖面阔，月亮片片桂轮高，此夜爱吹箫。"

箫声在石湖上空飘荡，飘进了石湖的千家万户。

苏州园林

苏州园林，即苏州古典园林，是位于江苏省苏州市境内的中国古典园林的总称。中国古典园林在其发展过程中，形成了包括皇家园林和私家园林在内的两大系列。皇家园林集中在北京一带，以宏大、严整、堂皇、浓丽称胜，而私家园林则以苏州园林为代表，以小巧、自由、精致、淡雅、写意见长。

一

苏州地处水乡，湖沟塘堰星罗棋布，极利于因水就势造园，附近又盛产太湖石，适合堆砌玲珑精巧的假山，自然环境可谓得天独厚；苏州地区历代百业兴旺，官富民殷，完全有条件追求高质量的居住环境；加之苏州民风历来崇尚艺术，追求完美，千古传承，长盛不衰，无论是乡野民居，寺庙后园，还是官衙贾第，其设计建造皆一丝不苟，独运匠心。这些是苏州园林产生的地域条件。

中国自古有混迹人间而心离世俗的隐逸文化，往往一些前朝遗老、失意官宦，"大隐隐于市"。他们筑室造园，营造"城市山林"，达到"不出城廓而获山水之怡，身居闹市而得林泉之趣"的意境。宋代著名诗人苏舜钦因仕途失意，以四万贯钱买下废园，进行修筑，傍水造亭，因感于"沧浪之水清兮，可以濯吾缨；沧浪之水浊兮，可以濯吾足"，题名"沧浪亭"。

明正德四年（1509），御使王献臣不得志归隐苏州，占用道观废址和大弘寺，聘著名画家文徵明参与设计蓝图，历时16年建成一座园林。他借用西晋文人潘岳《闲居赋》中"筑室种树，……灌园鬻蔬，……此亦拙者之为政也"之意为其取名"拙政园"。

苏州园林的历史可上溯至公元前4世纪东晋的辟疆园，当时号称"吴中第一"。以后历代造园兴盛，名园日多。明清时期，苏州经济文化发展达到鼎盛阶段，造园艺术也趋于成熟，出现了一批园林艺术家，使造园活动达到高潮。明末造园家计成写的《园冶》，是中国第一本园林艺术理论专著，书中提出的造园学说，其核心价值就是"虽由人作，宛自天开"。

据《苏州府志》统计，苏州在周代有园林6处，汉代4处，南北朝14处，唐代7处，宋代118处，元代48处，明代271处，清代130处。现存的苏州园林大部分是明清时期的建筑，至今保存完好的尚存数十处，代表了中国江南园林风格。

二

苏州园林占地面积小，采用变化无穷、不拘一格的艺术手法，以中国山水花鸟的情趣，寓唐诗宋词的意境，在有限的空间内点缀假山、树木，安排亭台楼阁、池塘小桥，使苏州园林以景取胜，景因园异，给人小中见大的艺术效果。在园中行游，或见"庭院深深深几许"，或见"柳暗花明又一村"，或见曲径通幽、峰回路转，或是步移景易、变化无穷。至于那些形式各异、图案精致的花窗，那些如锦缎般的在脚下延伸不尽的铺路，那些似不经意间散落在各个墙角的小品，更使人观之不尽，回味无穷。以拙政园、留园为代表的苏州园林被誉为"咫尺之内再造乾坤"，是中华园林文化的翘楚和骄傲。

苏州园林一向被称为"文人园林"。白居易在《草堂记》中说："覆篑土为台，聚拳石为山，环斗水为池。"这是文人园林的范式。古代的造园者都有很高的文化修养，能诗善画，造园时多以画为本，以诗为题，通过叠山理水，栽植花木，配置园林建筑，创造出具有诗情画意的景观，被称为"无声的诗，立体的画"。在园林中游赏，犹如在品诗，又如在赏画。并用大量的匾额、楹联、书画、雕刻、碑石、家具陈设和各式摆件等来反映古代哲理观念、文化意识和审美情趣，从而形成充满诗情画意的文人写意山水园林，以达到"虽由人作，宛若天开"的艺术境地。

苏州园林充分体现了自然美的主旨，在设计构筑中，采用因地制宜的模式，用借景、对景、分景、隔景等种种手法来组织空间，造成园林中曲折多变、小中见大、虚实相间的景观艺术效果，在都市内创造出人与自然和谐相处的"城市山林"。在这个浓缩的"自然界"，"一勺代水，一拳代山"，园内的四季晨夕变化、春秋草木枯荣以及山水花木的季节变化，使身居闹市的人们一进入园林，便可享受到大自然的"山水林泉之乐"。

苏州园林宅园合一，可赏可游可居。这种建筑形态的形成，是在人口密集和缺乏自然风光的城市中，人类依恋自然、追求与自然和谐相处、美化和完善自身居住环境的一种创造。苏州园林所蕴含的中华哲学、历史、人文习俗是江南人文历史传统、地方风俗的一种象征和浓缩，展现了中国文化的精华，在世界造园史上具有独特的历史地位和重大的艺术价值。

三

苏州园林至今保存完好并进行开放的有：始建于宋代的沧浪亭、网师园，元代的狮子林，明代的拙政园、艺圃，清代的留园、耦园、怡园、曲园、听枫园等。1997年12月4日，拙政园、留园、网师园、环秀山庄因其精美卓绝的造园艺术和个性鲜明的艺术特点，经联合国世界遗产委员会第21届全体会议批准列入《世界遗产名录》。2000年11月30日，联合国世界遗产委员会第24届会议又批准沧浪亭、狮子林、艺圃、耦园、退思园增补列入《世界遗产名录》。

2017年5月30日，"世界遗产——苏州古典园林"旅游文化推介会在中国驻法国大使馆文化处举行，通过旅游宣传片、图片展、VR（虚拟现实技术）体验等多种形式向法国民众展示苏州园林"多方胜景，咫尺山林"的独特魅力。

2018年8月7日，第四批《苏州园林名录》正式公布，随着端本园、全晋会馆、墨客园等18座园林入选，苏州园林总数达到108座，苏州由"园林之城"正式成为"百园之城"。

20 多年来，苏州园林艺术自 1980 年首次出口美国纽约大都会博物馆明式庭院"明轩"后，品牌效应凸显，先后设计、建造并获多项荣誉：日本池田"齐芳亭"、加拿大"逸园"、新加坡"蕴秀园"、日本金泽"金兰亭"、美国佛罗里达"锦绣中华"微缩景区、香港九龙寨城公园、雀鸟公园、美国纽约斯坦顿岛"寄兴园"、99 昆明世博会"东吴小筑"（获综合大奖）、美国波特兰"兰苏园"等，苏州园林在海外安家落户，促进了中外文化交流。

苏绣与沈绣

苏绣，是苏州地区刺绣产品的总称，为江苏省苏州市民间传统美术。苏绣是中国四大名绣"苏绣、湘绣、粤绣、蜀绣"之一，国家级非物质文化遗产。

苏州刺绣至今已有 2000 余年的历史，传说来源于仲雍的孙女女红首制的绣衣。古代周太王古公亶父的儿子太伯、仲雍来到今江南苏州一带建立了吴国，当地人有断发文身的习俗。仲雍做了吴国君主，想破除这种陋习，于是和长老们商议。不料他们的议论被正在缝衣的女红听见了。她边缝边听，走了神，一不小心，手被针扎了一下，一小滴鲜红的血顿时浸染到衣料上，渐渐晕开成小花，于是女红有了灵感：把蛟龙的图案绣在衣服上以替代文身。为了纪念刺绣的发明者，民间至今仍将妇女从事纺织、缝纫、刺绣等活动称为"女红"。

明代，苏州地区"家家养蚕，户户刺绣"，已成为丝织手工业中心。在绘画艺术方面出现了以唐寅、沈周为代表的吴门画派，推动了它的发展。艺人结合绘画作品进行再制作，所绣作品笔墨韵味淋漓尽致，有"以针作画""巧夺天工"之称。

清代是苏绣的全盛时期。苏绣具有图案秀丽、构思巧妙、绣工细致、针法活泼、色彩清雅的独特风格，地方特色浓郁。皇室享用的大量绣品，几乎全出于艺人之手。民间更是丰富多彩，广泛用于服饰、戏衣、被面、枕袋、帐幔、靠垫、鞋面、香包、扇袋等。还有一种"画绣"，属于高档欣赏品，称之为"闺阁绣"。

《红楼梦》第五十三回写道："原来绣这璎珞的也是个姑苏女子，名唤慧娘。因她亦是书香宦门之家，她原精于书画，不过偶然绣一两件针线作耍，并非市卖之物。凡这屏上所绣的花卉，皆仿的是唐、宋、元、明各名家的折枝花卉。故其格式配色皆从雅，本来非一味浓艳匠工可比；每一枝花侧皆用古人题此花之旧句，或诗词歌赋不一，皆用黑绒绣出草字来，且字迹勾踢、转折、轻重、连断皆与笔草无异……"

清末民初，在西学东渐的潮流中，苏绣也出现了创新的兆头。光绪年间，技艺精湛的艺术家沈云芝闻名苏州绣坛，她融西画肖神仿真的特点于刺绣之中，新创了"仿真绣"。

光绪三十年（1904）十月是慈禧太后的七十寿辰。清政府谕令各地进贡寿礼。沈云芝的丈夫余觉得知消息后，从家藏古画中选出《八仙上寿图》和《无量寿佛图》作为蓝本，由沈云芝等人绣成寿屏进献。慈禧见到《八仙上寿图》和另外三幅《无量寿佛图》，大加赞赏，称为绝世神品。她除授予沈云芝四等商部宝星勋章外，还亲笔书写了"福""寿"二字，分赠余觉夫妇。从此，余觉改名余福，沈云芝更名沈寿。嗣后她的作品《意大利皇后爱丽娜像》，曾作为国家礼品赠送给意大利，轰动了意国朝野；《耶稣像》1915 年在美国举办的"巴拿马——太平洋国际博览会"上获一等大奖，售价高达 13000 美元；《美国女伏倍克像》赴美展出时，其盛况空前。

苏绣的技艺特色，大致可用"平（绣面平伏）、齐（针脚整齐）、细（绣线纤细）、密（排丝紧密）、和（色彩调和）、顺（丝缕畅顺）、光（色泽光艳）、匀（皮头均匀）"八字来概括，有别于国内其他地区的绣品。苏绣有单面绣、双面绣。所谓单面绣，就是在一块苏绣底料上，绣出单面图像，背面装裱画板，外加中式或西洋画框，悬挂于墙上，可供人仔细欣赏的绣品。双面绣，就是在同一块底料上，在同一绣制过程中，绣出正反两面图像，轮廓完全一样，图案同样精美，都可供人仔细欣赏的绣品。在中国苏绣艺术中，双面绣是它皇冠上的一颗明珠。如今的双面绣已发展为双面异色、异形、异针的"三异绣"，双面绣技术发展到了神奇莫测的境界。

苏绣的仿画绣、写真绣以其逼真的艺术效果名满天下。山水能分远近之趣，楼阁具现深邃之体，人物能有瞻眺生动之情，花鸟能报绰约亲昵之态。苏绣的色彩丰富，苏绣艺人通常用三四种不同的同类色线或邻近色相配，套绣出晕染自如的色彩效果，一幅精品使用的线色达几百种甚至上千种。不仅是颜色，苏绣的针法也种类繁多，有齐针、散套、施针、虚实针、乱针、接针、滚针、正抢、反抢等 48 种。更为巧妙的是，苏绣艺术家能运用劈丝技术，即将一根丝线劈成四十八分之一，将金鱼的尾巴这样细致的图案绣得活灵活现，并且用苏绣技艺表现物象时善留"水路"，即在物象的深浅变化中空留一线，使之层次分明、轮廓齐整，使作品充分表现出"精细雅洁"的艺术特征，达到栩栩如生的境界。

"沈绣"，是苏绣的重要分支。苏绣艺术大师沈寿曾先后在苏州、北京、天津设立刺绣学校传授技艺。她在清末时曾任农工商部工艺局绣工科总教习，后应邀到江苏南通主持女工传习所。在"西学东渐"的历史背景下，她吸收西洋美术精华，在中国传统苏绣的基础上创立了"仿真绣"。这种绣法创造性地以旋针、虚实针来表现物体的肌理，用丰富多彩的丝线调和色彩，完成的作品色调自然柔和、丰富多彩，尽显写实之功。"仿真绣"往往取材于西洋油画中的人物肖像和风景等，而以人物绣最为擅长，其针法变化多端，表现的画中人的五官十分传神，体现出高超的技艺。由此之故南通仿真绣又称"美术绣"，南通地区则誉之为"沈绣"。仿真绣是传统刺绣在形式上的创新，它为中国传统刺绣的现代发展开辟了一条新路。1919 年，沈寿将自己的绣艺口授张謇，由张謇执笔，写成一部刺绣理论专著《雪宧绣谱》。此书于 1920 年由南通翰墨林书局出版。

苏州评弹

　　苏州有"东方威尼斯"之称，其形容像意大利的威尼斯，是漂浮在水上的城市。烟雨江南的苏州，水，柔柔的；女子，软弱的；苏州话，糯糯的。"宁与苏州人相骂，不同温州人白话。"苏州人吵架，骂人的话也好听。形容苏州话好听，有个成语叫"吴侬软语"。吴侬，即苏州人，软语，语调糯软。苏州方言这个特点，产生了传统曲艺——苏州评弹。

　　苏州评弹是苏州评话和苏州弹词的总称。它产生并流行于苏州，以及江、浙、沪一带。大体可分为三种演出方式，即一人的单挡，两人的双挡，三人的三档。演员均自弹自唱，伴奏乐器为小三弦和琵琶。评话和弹词均用苏州方言演唱，以说唱细腻见长，吴侬软语娓娓动听。演出中常穿插一些笑料，妙趣横生。

　　"弹词"一词，始见于明嘉靖二十六年（1547）田汝成的《西湖游览志余》，其中记载杭州八月观潮："其时优人百戏，击球、关扑、渔鼓、弹词，声音鼎沸。"陈汝衡《弹词溯源和它的艺术形式》（1983）一文认为是"远出陶真，近源词话"。关于"陶真"，《西湖游览志余》记："杭州男女瞽者，多学琵琶唱古今小说、平话，以觅衣食，谓之陶真。"叶德均《宋元明讲唱文学》（1952）考证："陶真和弹词同是用七言诗赞的讲唱文学，两者只有名称差异。"他认为"就历史的发展说，元明的陶真是弹词的前身，而明清的弹词又是陶真的绵延，两者发展的历史是分不开的。"

至乾隆年间，关于苏州弹词形成的记载日益增多。知名的代表人物有外号"紫癞痢"的王周士。王周士擅唱《游龙传》，吸收昆曲、吴歌的声腔，滩簧的表演，以单挡起"十门角色"而闻名。清《吴县志》记载，乾隆南巡，在苏州行宫召王周士御前弹唱，赐七品冠带，随驾回京。乾隆四十一年（1776），王周士于苏州宫巷第一天门创立包括评话艺人在内的行会组织光裕公所，以示评弹艺术"光前裕后"之意。他从正反两方面总结自己说书艺术经验的《书品》和《书忌》，并被后来的弹词艺人奉为说书的信条。

道光、咸丰时期（1821—1862），苏州出现女子弹词，以常熟人为多数。苏州弹词艺人马如飞在开篇《阴盛阳衰》中有较为具体的反映："苏州花样年年换，书场都用女先生。"《瀛壖杂志》记当时弹词女子弹唱"其声如百转春莺，醉心荡魄，曲终人远，犹觉余音绕梁"，因而"每一登场，满座倾倒"。

苏州评话通常一人登台开讲，内容多为金戈铁马的历史演义和叱咤风云的侠义豪杰。其语言由说书人的语言和故事中人物的语言两部分组成，而以前者为主。它是讲故事，而不是演故事。第一人称语言称表，第三人称语言称白，表和白以散文为主，多说不唱。但也有用作念诵的一小部分韵文，包括赋赞、挂口、引子和韵白等。

苏州评话很注重噱，有"噱乃书中之宝"的说法。人物性格和情节的矛盾展开中产生的喜剧因素，叫"肉里噱"。用作比方、衬托、借喻和解释性的穿插，叫"外插花"。与此类似，用只言片语来引起听众的笑声，叫"小卖"。

评话的表演包括"手面"和"面风"，即说书人的动作和表情。一类是解释性的，用以表达说书人的喜怒哀乐和爱憎态度；一类是由说书人用近似故事中人物的语言，包括语音和语调来讲话，叫作"起角色"。

评话的演出，因演员的说法、语言、起角色等方面的不同特色，形成了不同的风格和流派。比如，有的演员说法严谨，语言经反复锤炼后基本固定，叫作"方口"；有的随机应变，舌底生花，善于即兴发挥，能够适应不同的听众而随心变化，叫作"活口"；有的演员说表语如连珠，铿锵有力，为"一口干"或"快口"，相反，则为"慢口"；有的演员以说表见长，少起角色，则为"平说"；有的以起某个角色见长，如有"活关公""活周瑜""活鲁智深"等美称。

苏州评话都是讲长篇故事，分回逐日连说。每天说一回，每回约一个半小时，短的能连说几个月，长的可达一年半载。这种长篇连说的特点，形成了评话特殊的结构手法：单线顺叙，用未来先说、过去重谈的方法前后呼应；用"关子"来制造悬念，以吸引听众。

苏州评话的传统书目，约50部。一类说历史故事，属讲史类，如《西汉》《东汉》《三国》《隋唐》《岳传》等，为"长靠书"，又称"着甲"；一类是"短打书"，讲英雄好汉、义士侠客的故事，如《水浒》《七侠五义》《绿牡丹》等；还有神怪故事和公案书，如《封神榜》《济公传》《彭公案》等。新中国成立后，苏州评话创作、改编了一批新书目，如《铁道游击队》《林海雪原》《烈火金钢》《敌后武工队》等，还出现了一些中、短篇作品。

苏州弹词一般两人说唱，上手持三弦，下手抱琵琶，自弹自唱，内容多为儿女情长的传奇小说和民间故事。弹词用吴音演唱，抑扬顿挫，轻清柔缓，弦琶琮铮，十分悦耳。弹词讲究"说噱弹唱"。"说"指叙说；"噱"指逗人发笑；"弹"指使用三弦或琵琶进行伴奏，既可自弹自唱，又可相互伴奏和烘托；"唱"指演唱。其中"说"的手段非常丰富，有叙述，有代言，也有说明与议论。既可表现人物的思想活动、内心独白和相互间的对话，又可以说书人的口吻进行叙述、解释和评议。艺人还借鉴昆曲和京剧等的科白手法，运用嗓音变化和形体动作及面部表情等，来表情达意并塑造人物。说时采用醒木作为道具击节拢神，唱时多用三弦或琵琶伴奏，采用的音乐曲调为板腔体的说书调，即所谓"书调"。同时也吸收许多曲牌及民歌小调，如"费伽调""乱鸡啼"等。

苏州弹词大致可分三大流派，即陈（遇乾）调、马（如飞）调、俞（秀山）调。经百余年的发展，又不断出现继承这三位名家风格，且又有创造发展自成一家的新流派。如"陈调"的继承人刘天韵、杨振雄；"俞调"的继承者夏荷生、朱慧珍，他们均自成一家。其中"马调"对后世影响最大，多有继承并自成一派者，如薛（筱卿）调、沈（俭安）调、"琴调（朱雪琴）"。周（玉泉）调是在"马调"基础上发展而成的，而蒋（月泉）调又出自"周调"，如此发展繁衍形成了苏州评弹流派唱腔千姿百态的兴旺景象。

苏州弹词传统的代表性节目有《三笑》《倭袍传》《描金凤》《白蛇传》《玉蜻蜓》《珍珠塔》等几十部。新中国成立后，苏州弹词艺术经过艺人们自觉整旧创新，新节目不断涌现。长篇有《白毛女》《新儿女英雄传》《李闯王》《青春之歌》《苦菜花》《红岩》《野火春风斗古城》等，中篇和常独立演出的"选回"有《老地保》《厅堂夺子》《玄都求雨》《庵堂认母》和《一定要把淮河修好》《新琵琶行》《大脚皇后》等。

> 七里山塘景物新
>
> 秋高气爽尽无尘
>
> 今日里欣逢佳节同游赏
>
> 半日偷闲酒一樽
>
> 云儿翩翩升
>
> 船儿缓缓行
>
> 酒盅儿举不停

　　茶楼里正演出苏州评弹《白蛇传赏中秋》。一杯茶、一碟瓜子、三两好友，听的是评话弹词，吃的是茶和瓜子，品的是生活乐趣。

昆曲雅音

推开厚重的园门，转过曲折的回廊，站在牡丹亭前，听一曲婉转的水磨调，让思绪飞回几百年前的江南。

一

昆曲，又称昆剧、昆腔、昆山腔，是中国最古老的剧种之一，也是中国传统文化艺术中的珍品。

自明代中叶独领中国剧坛近 400 年。昆曲糅合了唱念做打、舞蹈及武术等，以曲词典雅、行腔婉转、表演细腻著称，被誉为"百戏之祖"。

昆曲是中国戏曲史上具有最完整表演体系的剧种，它最大的特点是抒情性强、动作细腻，歌唱与舞蹈的身段结合得巧妙而和谐。在语言上，南昆以苏州白话为主，北昆以大都韵白和京白为主。

昆曲唱腔华丽婉转、念白儒雅、表演细腻、舞蹈飘逸，加上完美的舞台置景，在戏曲表演的各方面都达到了最高境界，它是戏剧百花园中的一朵幽兰。

昆曲中的许多剧本，如《牡丹亭》《长生殿》《桃花扇》等，都是古代戏曲文学中的不朽之作。一大批昆曲作家和音乐家，诸如梁辰鱼、汤显祖、洪升、孔尚任、李玉、李渔、叶崖等都是中国戏曲和文学史上的杰出代表。

二

元代末年，南戏传到昆山地区后，结合当地民间曲调，形成了富有当地特色的声腔。

明太祖朱元璋定都南京后，每天都要欣赏《琵琶记》，还在皇宫中设立了专门的演出机构教坊司，并在秦淮河南岸建造倡优聚居的"富乐院"。

明代正德、嘉靖年间清曲唱家魏良辅改良昆山腔，采用中州韵系，依字声行腔，使昆腔具有细腻婉转的特色，因此又有"水磨腔"之称。用昆腔演唱的传奇新作《宝剑记》《鸣凤记》《浣纱记》等出现，新腔开始风行大江南北，引领戏曲声腔潮流。

上述三记主要围绕政治主题展开，而在此前后徐霖的《绣襦记》、高濂的《玉簪记》等，则主要围绕爱情主题展开。从此以后，政治和爱情成为昆曲剧作的两大主题。

明代万历年间，诞生了昆曲发展史上伟大的剧作家汤显祖。他比英国大戏剧家莎士比亚大 15 岁。汤显祖的《牡丹亭》大胆地将闺阁少女的爱情幻梦搬上舞台，一经演出，立即引起巨大的轰动。当莎士比亚的

《仲夏夜之梦》在伊丽莎白时代的伦敦剧场赢得阵阵欢笑时，在中国富绅的家庭或民间戏台上，《牡丹亭》中那个神秘而绮丽的梦境也正引得人们如醉如痴。《牡丹亭》突破了中国传统伦理道德中情与理的冲突，试图去追寻一种"情之所至"，"生者可以死，死者可以生"的爱情理想。

三

跨越两个朝代的苏州派剧作家为清初昆曲创作开辟了道路。康熙年间，洪升的《长生殿》和孔尚任的《桃花扇》两部集大成式的重要昆曲作品相继问世，标志着新一轮昆曲创作高潮的到来。

康乾年间，李渔在南京周处读书台附近营建了芥子园，他组建了家庭昆班，自编自导自演。李渔平生创作了 10 个昆曲剧本，《风筝误》是其代表作，他还撰写了在中国戏剧理论史上占有极其重要地位的《闲情偶寄》。

江宁织造府曹寅热爱昆曲，在织造府里培养家班，经常演唱。

明清以来，秦淮河房、梨园教坊，曲声不绝。家喻户晓的秦淮八艳个个是昆曲名伶。她们把化了妆彩串演整部戏剧当作最风雅的事。

四

马湘兰开风气之先，她通音律，擅歌舞。她著有昆曲传奇《三生传玉簪记》。在教坊中她所教的戏班，培育了诸多的"小鬟宁梨园子弟"，能演出《西厢记》全本，随其学技者，备得真传。她常常亲自为文人雅士挥袖演昆曲，名冠一时。

陈圆圆演唱昆曲和弋阳诸腔，扮相极佳，曲尽其妙。"演西厢，扮贴旦红娘角色。体态倾靡，说白便巧，曲尽萧寺当年情绪。"

《燕觚》记载："有名妓陈圆圆者，容辞娴雅，额秀颐丰，有林下风致。年十八，隶籍梨园。每一登场，花明雪艳，独出冠时，观者魂断。"

《桃花扇》里有描写李香君跟苏昆生学唱《牡丹亭》。她13岁就开始学唱昆曲，擅长汤显祖的"临川四梦"。

南京人顾媚爱扮"女小生"，她曾与装旦的董小宛合作演出《西楼记》。

五

清代中叶以后，各种地方戏曲逐渐兴起，它们以粗犷的格调、旺盛的生命力、多变的形式，被人们称之为"花部"。这些新出现的戏曲样式往往是以歌舞为主、情节简单的民间小戏，或者是昆曲和其他传统剧作的改编本。与被人们称为"雅部"的昆曲相比，它们的语言显得粗糙而杂乱。但他们却有文人作家、学者所无法企及的长处，他们对民间艺术和大众语言相当熟悉，对普通观众的心态也比较了解。他们创作的那些贴近生活、贴近观众的地方戏剧就这样颠覆了昆曲优雅的美学传统，展示出朴质真淳、撼人心魄的艺术魅力。

　　"花雅之争"促进了昆曲的改革。昆曲艺人在原剧基础上，挑出一些精彩的场次或段落进行再创造。在表演中充分发挥歌唱的技巧，增进戏剧动作的美感和难度，同时增添一些滑稽有趣的情节。这便诞生了"折子戏"。

　　此外，清代民间艺术家还特意编创了一些内容通俗的短剧和场面火爆的武戏。清代中叶以后，昆曲凭借经典剧目的"折子戏"和新编短剧继续活跃在舞台上。

六

　　有人说，昆曲之美，美在唱腔。沈宠绥在《度曲颂知》中说，昆曲"功深熔琢，气无烟火，启口轻圆，收音纯细"。水磨调流丽悠远，听之足以荡人。一唱三叹中无论是闺阁闲愁、离人相思、兴亡之叹，都淋漓尽致，风情万种，檀板慢拍中，让人心魂摇曳，神思悠然。

　　昆曲之美，美在演员指尖。遥指远方，便成巍峨群山；轻点近处，便观荡漾碧波。指尖成峰，指间绕水，青山绿水勾勒出昆曲之美。边歌边舞，水袖抛舞，时而牵住离愁别恨，时而翻出满腔哀怨，时而绕出情思绵绵。舒展之间，道不尽的风致楚楚。

　　昆曲之美，美在唱词。"原来姹紫嫣红开遍，似这般都付与断井残垣，良辰美景奈何天，赏心乐事谁家院。"你可见杜丽娘独立小庭深院，春光寂寂，激滟了她眉间的二分寂寞，三分相思，五分无奈。

　　"一代红颜为君绝，千秋遗恨滴罗巾血，半行字是落命的碑碣，一抔土是断肠墓穴。"你可见马嵬坡上，三尺白绫牵住的岂止杨玉环柔白的脖颈，更是一个王朝的背影，一个帝王的无奈。

七

昆曲如一部永不谢幕的长剧，一次次场景变换，一年年人物变迁，转眼就是数百年。

残破的曲谱，褪色的戏服，恁妙喉婉转，笛声悠扬，然而这声音太柔太细，以至于被淹没在时代列车的隆隆声里了。

新中国成立以后，党和政府大力扶持和振兴传统戏曲事业，昆曲有幸得以重获新生。1956年，浙江昆剧团改编演出的《十五贯》在全国产生广泛的影响，周总理曾感慨地说："一出戏救活了一个剧种。"

2001年5月18日，联合国教科文组织在巴黎宣布中国的昆曲艺术列入第一批"人类口头和非物质遗产代表作"名单。

拉开昆曲这扇门，就会惊叹一句："不到园林，怎知春色如许！"

碧螺春茶

　　几年前，我到苏州西山参加同学聚会，住在一家"湖畔农家乐"。原计划这天去石公山玩，没想到一早竟然落起雨来了，而且越落越大。天色阴阴的，云层厚厚的，不像是阵雨，落一阵就停了，而是长脚雨，下起来就没有停的意思。这么大的雨，外出是不行了。老板娘对我们说："出不去，可以在屋里打牌、喝茶聊天嘛。""我给你们预备了些茶叶，让你们尝尝正宗的洞庭碧螺春。"老板娘看上去三十五六岁，一身农妇打扮，系一条蓝色围裙，有点像《沙家浜》中的阿庆嫂。昨日见过面，大家私下里就叫她"阿庆嫂"。于是8个人到隔壁棋牌室打牌去了，剩下我们七八人就围着桌子坐下聊天。女同学中，有人带来了葵花子、南瓜子、牛肉干、加应子，满满摊了一桌。

　　不一会儿，阿庆嫂拿来了玻璃杯，里面已经放好了一小撮茶叶。她说："杯子我已经烫洗过了，现在请大家赏茶。"她一面把杯子放到每个人的面前，一面介绍说，碧螺春芽条纤细、卷曲成螺、满身披毫、银白隐翠，多像故事中的田螺姑娘。碧螺春有"四绝"：形美、色艳、香浓、味醇。赏茶是欣赏它的第一绝："形美"。

　　然后，她提来一壶水，说："碧螺春全是茶的嫩芽，一斤干碧螺春有六七万个嫩芽。娇贵着呢，不能用沸水冲泡。水烧开后让它稍稍凉会儿，大概 80 摄氏度吧，用来泡茶正好。"她来到每个人面前，向玻璃杯中注水。这时满身披毫、银白隐翠的碧螺春，随着水浮起来，吸收水分后即向下沉，瞬时如白云翻滚，雪花翻飞，煞是好看。碧螺春沉入水中后，玻璃杯中的水逐渐变为绿色，碧绿的茶芽，碧绿的茶水，水汽氤氲，茶香四溢。阿庆嫂问茶水香不香？大家异口同声地回答："香，真香!"

阿庆嫂说，碧螺春原来名叫"吓煞人香"，乾隆皇帝下江南时嫌其名太俗，改名"碧螺春"。

她说，碧螺春要趁热连续细品三口。于是大家拿起杯来，我轻轻啜了头一口，我的口中立刻升起一股淡淡的幽香；品第二口，茶汤更绿、茶香更浓、滋味更醇；品第三口，感觉舌有回甘，满口生津。

我想起，唐代诗人卢仝在品了七道茶之后写下了传诵千古的《茶歌》："五碗肌骨清，六碗通仙灵，七碗吃不得也，唯觉两腋习习清风生。"在品了三口茶之后，我慢慢地自斟细品，静心去体会七碗茶，清风生两腋，飘然几欲仙的绝妙感受。

同学中有人想买点茶回去，问阿庆嫂买哪种茶性价比最高。阿庆嫂说："你们真想买，我就给你们介绍介绍。"说完她转身到里屋，取来三包茶。她请大家认一下刚才喝的是哪包茶。我看了半天，觉得形色香都差不多，难分伯仲。阿庆嫂说："是这一包，三级。大家已经看过、尝过了。它是办公室及居家日常用茶的首选。另外两包，一包二级，一包炒青。"

她介绍，碧螺春茶分五个等级：

分别为特一级、特二级、一级、二级、三级。正宗的碧螺春有

"一嫩（芽叶）三鲜（色、香、味）"的特点，看上去银白隐翠，条索细长，卷曲成螺，身披白毫，冲泡后汤色碧绿清澈，香气浓郁，滋味鲜醇，回甘持久。伪劣的则颜色发黑，披绿毫，暗淡无光，冲泡后无香味，汤色黄暗如同隔夜陈茶。

碧螺春之所以被称为十大名茶之一，与它生长的环境、采摘的特点以及炒制的工艺有关。正宗的碧螺春，产于太湖东洞庭山及西洞庭山，故命名洞庭碧螺春，简称碧螺春。东洞庭山、西洞庭山在太湖中间，水气升腾，雾气笼罩，空气湿润，土质疏松，呈微酸性或酸性，适宜于茶树生长。由于茶树与果树间种，所以碧螺春具有特殊的花朵香味。

碧螺春的采摘有三大特点：一是采得早。每年春分前后开采，谷雨前后结束。以春分至清明采制的明前茶品质最高，也最为名贵。二是采得嫩。通常采芽叶初展，芽长 1.6～2.0 厘米，叶形卷如雀舌。炒制 500 克高级碧螺春需采 6.8 万～7.4 万株芽头。三是拣得净。采回的芽叶必须及时进行精心拣剔，剔去不符标准的芽叶，保持芽叶匀整一致。通常拣剔 1 公斤芽叶，需费工 2～4 小时。

碧螺春一般早晨 5—9 时采，9—15 时拣剔，15 时至晚上炒制，做到当天采摘，当天炒制，不炒隔夜茶。碧螺春的炒制非经验丰富的老师傅不可。

一般 4 月 20 日，即谷雨后的茶叶，当地人就不叫碧螺春了，而叫炒青。炒青价格低，此茶口味较早春的茶叶稍浓，耐泡。

听罢介绍，询过价格，同学们纷纷你半斤我一斤地订购，喜得阿庆嫂说："我的那点茶都让你们买空喽。"

感谢这个雨天，让我邂逅了碧螺春。不然的话，就会身在宝山不识宝。难道不是缘分使然？

阳澄湖蟹

西风起，蟹脚痒。又到金秋持螯时。

几个朋友约好到昆山巴城去吃蟹。

趁早上凉快，一辆奔驰，车载五人，直奔目的地巴城而去。

去巴城的高速公路上，长长的车龙，见首不见尾。往年自驾车去吃蟹的队伍，据说有 20 万之众。每辆车出发前，几乎都联系好了当地熟悉的蟹农。同样，正在开车的老赵，上周就在网上同阿四蟹庄预约好了，今天中午，一个包间。

江南"鱼米之乡"昆山巴城镇，位于昆山市西北阳澄湖东岸，东临上海，西连苏州，有着怡人的碧水风情、恬静的田园风光，是遐迩闻名的"中国阳澄湖大闸蟹之乡""天下第一蟹城"。巴城因湖而秀美，因蟹而闻名。人们品尝大闸蟹以阳澄湖为最爱，而阳澄湖大闸蟹尤以湖东岸的巴城为最尊。

巴城与吃蟹有着天然的联系。在途中，副驾位置上的老钱问大家，谁知道第一个吃螃蟹的人是谁？见没人回答，说鲁迅知道。哪个鲁迅？就是大文豪鲁迅呗！于是老钱讲起了故事。

相传在大禹治水时代，在阳澄湖有一种夹人虫，长相凶恶，每到夜晚就爬上岸偷吃稻禾，并且用一双强有力的钳子伤人。当地人非常惧怕，曾用火把驱赶，但火把一熄灭，夹人虫又卷土重来。大禹来到江南治水，派壮士巴解督工，由于夹人虫的祸害，妨碍了工程进展。巴解想了一个办法来治夹人虫。在湖岸边挖沟，待傍晚夹人虫爬进沟里，浇进开水，夹人虫就被烫死了。微风吹来，巴解闻到一股从未体验过的香味。他好奇地把烫死的夹人虫外壳剥开，香味扑鼻而来，壮着胆子尝了一口，竟发现味道鲜美。这件事很快在阳澄湖区域传开了，于是人们再也不怕夹人虫，而是将其作为餐桌上的美食。为了纪念巴解敢为天下先的功劳，遂以解字凌驾于虫字之上，呼之为"蟹"。巴解治水有功，受封巴城。后人建巴王祠，世代祭祀。

胖胖的老孙一肚子学问。尤其写起文章来，好掉书袋。他接着老钱的话茬，说开了。自古以来，蟹一直是中国人餐桌上的特色美食，阳澄湖大闸蟹更是遐迩闻名。他说，早在魏晋时代，就有人把吃蟹、饮酒、赋诗作为金秋的风流韵事。在《世说新语》中，有一段关于吃蟹品酒的描述："得酒满载百斛船，四时甘味置两头，右手持酒杯，左手持蟹螯，拍浮酒船中，便足了一生矣！"近代著名爱国人士、国学大师章太炎的夫人汤国黎卜居苏州时，在一次用餐即将结束时，当地官员奉上了几只刚出锅的阳澄湖大闸蟹，品尝后汤国黎立刻被那糯软稠油、香而不腻、鲜中带甜的人间美味所折服，于是从内心发出了一句感言："不是阳澄湖蟹好，此生何必住苏州。"

说得好！车里响起了掌声。

一路从上海出发沿沪宁高速，过昆山口子5千米处转苏州绕城高速，往太仓、常熟、巴城方向开。由于路上车实在是太多了，车速仅五六十千米每小时，时间已过去了1小时。

127

　　车里唯一的女士小李问："现在吃蟹，是吃雄蟹好呢，还是雌蟹好?"老钱说："九月圆脐十月尖。九月要食雌蟹，这时雌蟹蟹脐圆凸，黄满肉厚；十月要吃雄蟹，这时雄蟹蟹脐呈尖形，膏足肉坚。现在九月初，当然要吃雌蟹啰。"

　　一直在看手机的小周，突然发声："我要吃雌蟹!"大家讲："看小周，馋得口水都流出来了。"

　　在巴城收费站下来后，进入城北西路往西一直到底，右转弯到湖滨路，再往前1千米，顺着"蟹舫苑"的大门，继续向前200米，从1号入口进来，就看到阿四蟹庄了。

　　依托阳澄湖大闸蟹的销售及以蟹为主的美食业，巴城的特色产业十分红火，区内建有阳澄湖蟹舫苑、渔家灯火、巴城湖市场、春秋水城四个大闸蟹交易市场，以及建筑面积达31770平方米的美食街。其中，仅阳澄湖蟹舫苑拥有大型餐船143条，交易码头279个。阿四蟹庄就是阳澄湖蟹舫苑中的一家。

　　走进阿四蟹庄，跟着老赵七转八弯，来到了吃饭的船舫，进入一间临湖的包间。这里视野开阔，湖水波光粼粼，一种天高水阔，人在江湖的感觉油然而生。

　　清蒸大闸蟹是阿四蟹庄的招牌菜，这无须多言。单说吃蟹时的调料，十分讲究：醋要镇江的老香醋，酱油要用酿制的生抽，白糖要用精制绵白糖，生姜和大蒜要剁成细末。蟹肉蘸上这样的调料，放进嘴里，细细地品味，慢慢地咀嚼，鲜得人欲仙欲死。

　　阿四蟹庄不仅蟹好，还有阳澄湖的"湖八鲜"。相传八仙过海之前，曾在阳澄湖逗留数日，为报答阳澄湖父老乡亲的热情招待，八仙"各显神通"，给阳澄湖留下了八样湖鲜：清水虾、螺蛳、鳗鲡鱼、白丝鱼、鳜鱼、鳊鱼、甲鱼、昂刺鱼。

阿四蟹庄的盐水河虾，酱爆螺蛳，红烧鳊鱼，用湖边放养的土鸡制作的土鸡煲，以及鸡毛菜等时蔬，亦颇受青睐。

老赵点好了菜，他说这里的菜样样都值得点，就怕你吃不了。不久，黄瓜海蜇、椒盐花生、盐水河虾、酱爆螺蛳、清蒸白丝鱼先上桌了。大家喝啤酒，老赵以茶代酒。大家举杯，庆贺巴城一聚。

酒过三巡，口尝百味，终于等到主角上场了。一盘清蒸大闸蟹，只见蟹壳油红透亮，蟹香扑鼻而来，令人未尝先醉。那橘红色的蟹黄、白玉似的脂膏、洁白细嫩的蟹肉，真可谓"一斗劈开红玉满，双螯咬出琼酥香""螯封嫩玉双双满，壳凸红脂块块香"。入口品尝，顿觉蟹味鲜而醇厚，蟹肉嫩且甘怡。吃过几口，似乎世上一切珍馐皆觉无味，难怪清代食蟹名家李渔称蟹"已造色香味三者之极，更无一物可以上之"。

吃罢清蒸大闸蟹，后来再上的本地土鸡煲、毛豆鸡毛菜、马桥豆腐煲，已无人问津，懒得动筷了。

老板过来谢客，一口一声"照顾不周，失礼失礼"。询问饭菜质量如何，吃喝是否满意？还当场宣布"吃螺蛳免单，买蟹送螺蛳"。

阿四蟹庄经营二十几年，老板是土生土长的阳澄湖人，是阳澄湖最早养蟹卖蟹的人。在阳澄湖拥有自己的大闸蟹养殖基地，其出产的大闸蟹，壳青肚白，黄毛金爪，爪子有力，雌蟹丰厚，爪细短；雄蟹个大，爪粗长，俗称金钩蟹，是蟹中之极品。阿四蟹庄一直坚持产、供、销一条龙，绕过中间商，直接把大闸蟹卖给消费者，价格实惠。饭店没有营销策略，没有广告宣传，所有的客户都是通过老客户带过来的，靠的是越来越好的信誉和口碑。

位于风景秀丽的阳澄湖畔的巴城，已有 2500 年建置历史。著名的阳澄湖风景区就在巴城；阳澄三宝——虾、蟹、鳜鱼的主要产地在巴城；百戏之祖昆曲的源头在巴城；全国重点文物保护单位绰墩山遗址在巴城；中国第一个民间艺术特色书法之乡在巴城；航天英雄费俊龙的家乡也在巴城。

巴城经过几年的精心建设，游客除了品蟹，还可以在蟹文化博物馆了解蟹文化、去武城潭游观水城遗址、走老街看明清建筑、到生态农庄过农家生活、到水上公园享受水上"漂"等，一系列旅游休闲产品为品蟹游玩增添了许多情趣。

可是，这几位老兄惦记着刚买的蟹和当场宰杀的鸡，还有老板送的螺蛳，生怕天热闷坏了，着急忙慌要赶回上海。其他什么都顾不上了。

奔驰车远去。

无双琼花

李白诗云："烟花三月下扬州。"

扬州三月天，"那杨柳岸畔的水国人家，那碧波深处的江花江草，园林台榭、寺观舫舟，一色儿都罩在迷离的烟雨之中。此时的扬州，那些硬硬的房屋轮廓都被朦胧的雨雾软化了下来，曲折的小巷浮荡着兰草花的幽香。湖上的画舫，禅院的钟声，每一个细节上，都把江南的文章做到了极致"。著名作家、诗人熊召政这样说。

但在扬州人看来，三月赏琼花，才是扬州最大的盛事，已蔚为一种风俗。

琼花为扬州市花。琼花盛开时如白玉盘一般，外圈是八朵左右的不孕花，花朵较大，用来招蜂引蝶；内圈是丛生的可孕花，当蜜蜂蝴蝶被吸引后，就会传授花粉。在春花烂漫的季节里，琼花不以花色迷人，不以浓香醉人，却以月白风清、风姿绰约、卓尔不群的气质，独具一种风韵，给人清秀俊雅的视觉享受。

扬州赏琼花最好的去处莫过于瘦西湖万花园，碰上雨天，瘦西湖清秀婉丽，烟雨中的琼花，别有一番风情。大明寺有一棵300岁的琼花树，至今枝叶繁茂。琼花盛开时，满树白花，淡雅端庄，不同凡俗。何园里由繁茂的枝叶、无数的琼花连理纠缠，形成一条"琼花隧道"，引来众多游人流连不去。

据《扬州府志》《朱显祖琼花志》记载，琼花是极为珍异的植物。扬州后土祠有一株，相传为唐人所植，它的叶子柔平莹泽，花大瓣厚，颜色淡黄，清香馥郁。宋朝初年，王禹偁为扬州太守，发现后土庙有花一株，洁白可爱，不知何木，遂谓之琼花，并作琼花诗二首。宋代庆历年间，欧阳修任扬州太守时，曾经在这株花下建造过一座"无双亭"，由此扬州琼花名扬天下。

看看宋代文人是如何描绘琼花的。韩琦《琼花》："维扬一株花，四海无同类。"郑觉齐《扬州慢·琼花》："弄玉轻盈，飞琼淡泞，袜尘步下迷楼。"……赵以夫《扬州慢》："太真肌骨，飞燕风流。敛群芳、清丽精神，都付扬州。"是说琼花如轻盈淡雅的仙女弄玉、飞琼，有着杨贵妃般的肌骨、赵飞燕般的风流，其清丽精神，使群芳敛声屏息。

赵以夫在他的词前有一段文字，讲了琼花与聚八仙类而不同：

琼花唯扬州后土殿前一本。比聚八仙大率相类，而不同者有三：琼花大而瓣厚，其色淡黄，聚八仙花小而瓣薄，其色微青，不同者一也；琼花叶柔而莹泽，聚八仙叶粗而有芒，不同者二也；琼花蕊与花平，不结子而香，聚八仙蕊低于花，结子而不香，不同者三也。

怎么回事，难道聚八仙不是琼花？且容我慢慢道来。

扬州人对琼花情有独钟。不是因为它独特的外在形象，而是它蕴含的情怀，它有一颗与扬州人灵犀相通的心。

琼花对故土有着深深的依恋。北宋的仁宗皇帝曾把琼花移到汴京御花园中，谁知次年即萎靡不振，只得送还扬州。南宋的孝宗皇帝又把它移往临安，但很快形容憔悴，只好再次移送扬州。

宋高宗时，金兵南侵，攻占扬州时，将琼花主干拔走了。可是，在劫后余生的琼花根旁，竟吐出新芽，由道士金大宁精心护养后，恢复原状。后来元兵攻破扬州，南宋亡国的那年（1279），琼花突然枯萎，彻底死了。

琼花生在扬州，长在扬州，故土难离，并与扬州共存亡，令扬州人感动。道士金丙瑞用"聚八仙"补种在原处，因此元代以后扬州的琼花，实际上都是"聚八仙"。

琼花太有名了，以致有人编故事把琼花与隋炀帝联系了起来。说隋炀帝就是为到扬州赏琼花而下令开凿了大运河。有一天夜里，隋炀帝做了一个梦，梦见一种非常漂亮的花，但是不知道这花叫什么名字，产在什么地方，醒来以后，就命令人把他梦中的花画出来，张贴皇榜寻找认识者。当时在扬州见过琼花的王世充恰好在京城，便揭榜进宫，对隋炀帝说，图上所画之花叫作琼花，生在扬州。隋炀帝听后，很想见一见，便开运河，造龙舟，与皇后和嫔妃下扬州看琼花。待隋炀帝来到扬州，满树琼花皆落。又传说，隋炀帝下扬州看琼花，其妹恨其无道，化作琼花棒打昏君，杨广盛怒之下砍倒琼花树。杨广死后，琼花树复活开花。

其实，琼花是宋代初年才被发现，比隋代晚了300多年，怎么会是隋炀帝为了看琼花而开运河呢？

现在扬州市人民为满足远道而去扬州观赏琼花的愿望，就把"聚八仙"作为琼花，并定为扬州市花。在瘦西湖边、平山堂西园、何园、大明寺和琼花观（原后土祠）都有琼花应时开花。

春风十里

友人王君是扬州一所中学的特级教师,执教语文 30 多年。我与他是在上海举办的一次学科讨论会上结识的。王君多次约我去扬州一游,奈何事务缠身,一直未能赴约。

如今,我已退休,不用偷得半日闲,干脆"烟花三月下扬州",让王君陪我畅游几日。

首选当然是瘦西湖。

王君介绍,瘦西湖长约十里,最宽处不及百米。沿湖有冶春、绿杨村、红园、西园、大虹桥、长堤、徐园、小金山、钓鱼台、白塔、凫庄、五亭桥,最后是蜀冈平山堂。这些景点犹如一根丝线穿起的颗颗珍珠,又似一幅徐徐展开的山水画卷。只有泛舟湖上,才能领略瘦西湖的神韵。

那天,我们在乾隆御码头上游船。

阳春三月,瘦西湖风光绮丽,撩人情丝。一泓曲水宛如锦带,如飘如拂,时放时收,较之杭州西湖,自有一种清瘦的神韵。

船过绿杨村,晨雾中杨花飞舞,丝丝拂水。王君说:"扬州古称绿杨城郭。"陈从周说过:"也许从隋炀帝到扬州来后,人们便抬高了这杨柳的地位，经千年的沿袭，使扬州环绕了万缕千丝的依依柳色，装点成了一个晴雨皆宜，具有江南风格的淮左名都。"

　　船到长堤，我们弃船上堤。只见堤上桃柳相隔而栽，桃花灼灼，柳色青青。此景似曾相识，疑身在杭州苏堤。王君说："若烟雨笼湖，长堤别有一番风韵。"

　　长堤尽头是徐园，原是辛亥革命时期军阀徐宝山的祠堂，园中有一馆、一榭、一亭，其中"听鹂馆"，取名来自"两只黄鹂鸣翠柳，一行白鹭上青天"的诗句。外有曲水，内有池塘，花木竹石，点缀其中，体现了扬州园林的特色。

　　王君告诉我，在清秀婉曲的瘦西湖两岸，像徐园那样，有大片熔南秀北雄于一炉的扬州古典园林群，形成移步换景、相互因借的图画长轴。名寺古刹和古城墙垣绵延相属，名胜古迹和历史遗存散布其间，风韵独具的自然风光和蕴含丰厚的人文景观相映生辉，是镶嵌在历史文化名城中的一串璀璨明珠。

　　瘦西湖园林群在清代康乾时期形成基本格局，有"园林之盛，甲于天下"之誉。所谓"两岸花柳全依水，一路楼台直到山"，说的就是这个盛况。

　　回到船上，过小金山，看见湖心的小岛便是钓鱼台。王君说："原先这里是演奏丝竹乐器的地方。相传当年的乾隆皇帝逛到这儿，不知怎么的就来了钓鱼的兴趣。于是立即有人送上了鱼竿。可是瘦西湖里的鱼却偏偏不听话，平日里一呼百应的乾隆皇帝钓了半天，就是没有一条鱼上钩。这下陪同的扬州盐商着急了，当即悄悄选了几个水性好的水手带着活鱼潜到水下，举着荷叶，靠荷茎来换气。上面的乾隆鱼竿一落，下面的活鱼就被挂上了钩。这下乾隆爷自然是龙心大悦。之后此小岛就叫钓鱼台。"

游船不知不觉进入了五亭桥、白塔景区。这里的风景典丽奢皇，有北京中南海的气象。

五亭桥，好像是瘦西湖的一根腰带。桥上建有五座亭子，故名五亭桥。这座很具特色的美丽的桥，已经成为扬州的一个标志性建筑。五亭桥有 15 个桥洞，十五月圆之夜，每洞各衔一月，15 个圆月倒悬水中，争相辉映，泛舟穿插洞间，别具情趣。

与五亭桥相呼应的，是湖边莲性寺的白塔。扬州有一个"一夜造白塔"的传说。

说乾隆乘船游瘦西湖，船到五亭桥畔时，忽然对扬州陪同官员说："这里多像京城北海的琼岛春阴啊，只可惜差一座白塔。"

第二天清晨，皇帝开轩一看，只见五亭桥旁一座白塔巍然耸立，从天而降。

身边的太监连忙跪奏："是当地的盐商，为弥补圣上游湖之憾，连夜用白盐堆制而成的。"

白塔高 27.5 米，下面是束腰须弥塔座，八面四角，每面三龛，龛内雕刻着十二生肖像。和北海白塔的厚重稳健不同，扬州白塔比例匀称，亭亭玉立，和身边的五亭桥相映成趣。

船到蜀冈平山堂，我们下了船。

王君似乎意犹未尽，他说："瘦西湖风光旖旎多姿，四时八节，风晨月夕，使瘦西湖幻化出无穷的天然之趣。游湖并非只有阳春三月，任何时候都是适宜的。"

我说："王君您的陪同和解说，使这次瘦西湖之游，如饮佳酿，回味无穷。"

运河双璧

上午 9 时许，我们来到了古运河三湾风景区。

昨晚，我跟王君说："我想去看看古运河。"王君说："好啊，扬州北面的古运河三湾和南面的瓜洲古渡为古运河双璧。我们明天就去。"

4 月的古运河三湾，一片天光水色。走在沿河步道上，淡淡的晨雾中，曲岸垂柳拂水，道旁桃红灼眼。河岸石栏下，河水潺湲流动。

古运河三湾，是与瘦西湖水系相连接的扬州北部的风景名胜区。现为世界文化遗产、国家水利风景区、ΛΛΛΛ 级景区。

我们登上津山远眺。

这是一座用 7000 多吨太湖石垒起来的假山，占地约 4000 平方米，主峰高约 12 米。

蓝天白云下，古运河三湾的倩影尽收眼底。

王君介绍，扬州境内的运河与 2000 多年前的邗沟和 1400 多年前的南北大运河大部分吻合。从瓜洲至三湾全长约 30 千米。

扬州自古以来，地势北高南低，上游淮河流经这里时，水势直泻难蓄，漕船、盐船常常在此搁浅。明朝万历年间，扬州知府郭光复采取舍直改弯的措施，把原有的 100 多米的直河道改弯后，变成了 1.7 千米，以增加河道长度和曲折度的方式来抬高水位和减缓水的流速，从而解决了运河蓄水量难题。

眼前的古运河三湾，线条优美，曲折有致，从一面看，形似黄河河套；从另一面看，就像一架竖琴。

两端湾头各有一座景观桥。一端是红色的剪影桥，它汲取了非物质文化遗产——扬州剪纸艺术的精华，别出心裁地采用豪放风格的现代材质和工艺，将剪纸艺术透空的感觉表达出来；另一端是白色的凌波桥，桥的设计灵感来自水，水波平缓，从容灵动。

河道的两岸是大片的湿地，湿地水草丰茂，湖水清幽，野花盛开，鸥鹭翔集。在湿地中，有一座琴瑟桥，远看就如一张大型古筝。桥顶的钢筋好似琴弦，琴弦中间是雁柱。

乐水园是一组微缩湿地景观，也是一处科普教育体验区。这里将运河的水引入湿地中进行净化处理，使水体保持清澈，滋养湿地的生物，经过净化后的水回流到运河之中，再次发挥净化运河水质的作用。

湿地上栈道纵横，游人徜徉其中，欣赏着湿地风光。

在三湾，我看到一条广告词：北有瘦西湖，南有古三湾。

我觉得，古三湾体现的是中华民族的伟力和智慧。三湾不似瘦西湖，但胜过瘦西湖。

下午，我们去了瓜洲古渡景区。

年轻时候，读白居易诗："泗水流，汴水流，流到瓜洲古渡头。"王安石："京口瓜洲一水间，钟山只隔数重山。"陆游："楼船夜雪瓜洲渡，铁马秋风大散关。"还有民间传说杜十娘怒沉百宝箱的故事也发生在瓜洲。瓜洲何以被屡屡提起？我对瓜洲充满了好奇。

瓜洲最早在大江之中，四面环水，后泥沙淤积，渐与陆地相连，因形状如瓜而得名。

瓜洲位于扬州西南方，在古运河和长江的交汇处，与镇江隔水相望，为长江北岸的渡口。

我们走进古渡公园。围墙边竖立着世界遗产——伊娄河的标志。公园滨江临河，四面环水，树木葱郁，四季有花，楼台亭榭参差有致，历史遗迹分布其间，堪称"古渡明珠，江滨宝石"。

王君建议，先去看看伊娄河。

公园东面就是伊娄河，亦称新河。唐开元年间，润州刺史齐浣开伊娄河二十五里，连接古运河，从扬子津南至瓜洲通长江。伊娄运河开通后，成就了瓜洲千年繁华的盐漕运输和商贸集散。瓜洲迅速发展为江边巨镇，成就了瓜洲"千年古渡"的美名和"七省通衢"的重要地位。

李白《题瓜洲新河饯族叔舍人贲》诗中赞曰："齐公凿新河，万古流不绝。丰功利生人，天地同朽灭。"

如今，这条静静流淌了近 1300 年的伊娄运河已经完成了它的历史使命。它见证了瓜洲千年的繁华历史，承载了厚重的文化印记，留下了众多的文化积淀。

王君说：瓜洲古渡，在多年前已被当地辟为风景名胜旅游区，为纪念杜十娘怒沉百宝箱而建的"沉箱亭"，静静立于古渡景区的江边。八根廊柱撑起八角形的飞檐穹顶，亭内立着一块石碑，上书"沉箱亭"，石碑的背面记述着杜十娘投江的故事，精致优雅中透露着凄清。亭边岸畔垂柳成行，柳丝依依随风摇曳，晃动人的思绪，勾起那段凄婉往事。

清代康熙、乾隆二帝六次南巡时，均曾驻跸瓜洲，并将锦春园设为行宫。乾隆皇帝赞美锦春园而题诗的御碑，至今仍在御碑亭内。

只是古渡遗址，几乎为荒草淹没，难寻踪迹。

公园刚刚进行了一次大规模的修葺和建设，旧貌换了新颜。

沿着江边的小路一直走，我们来到了古渡口。园方对原先的古渡遗址，进行了改造修复，重新铺设台阶，新立了"瓜洲古渡"碑。还在江边重建了牌楼，牌楼一面写着"江天胜境"，另一面写着"含江口"。两侧对联：浊浪排空势吞吴楚，渡头纵目气贯江淮。

在"瓜洲古渡"碑后面，新建了观潮亭。在亭的座基上嵌着一幅表现王安石《泊船瓜洲》诗意的浮雕。

重建了沉箱亭，并在亭畔增添了杜十娘的汉白玉雕像，身旁有个百宝箱。美丽的容颜，坦然的神态，似进行无声的抗争。

公园里安置了不少历史名人塑像及其赋吟瓜洲诗篇的勒石。有李白的《题瓜洲新河》，有王安石的《泊船瓜洲》，有孟浩然的《扬子津望京口》，有袁枚的《夜过瓜洲》，有米芾的《瓜洲百川浦》和康有为的《趁夜渡江》等。

还新建了银铃塔、映影池、一水亭、游泳池等景点，并投资扩建了古渡宾馆、南苑餐厅等旅游服务设施。公园成为融历史遗迹凭吊与现代人文景观欣赏为一体的休闲、旅游、娱乐场所，成为中外宾客寻幽探古的佳处。

闭园时间到了，我们不得不离开公园。

王君说，瓜洲的旅游资源十分丰富。除古渡公园外，尚有瓜洲古运河风光带、江口岛暨锦春园、江口古街民俗风情区等八大景区。

尤其江口岛暨锦春园景区，有与黄鹤楼、岳阳楼、滕王阁齐名，素有"江北第一楼"之称的瓜洲大观楼；有康熙、乾隆南巡时在瓜洲的行宫"锦春园"；有体现唐初诗人张若虚笔下"春江潮水连海平，海上明月共潮生……江畔何人初见月？江月何年初照人"的意境的"春江花月夜公园";还有唐代高僧鉴真和尚东渡日本的遗迹、意大利杰出的旅行家马可·波罗纪念馆;等等。

　　王君说:"一次是看不完的。"

　　我说:"那就以后再来吧。"

东关老街

这次在扬州，我就住在王君家中。这里离东关街很近。

早上起来，刚洗漱完毕，王君就来了。他说："今天去逛东关街，早餐就在街上吃。"我说："好啊，我听说扬州有许多名小吃，早就想去尝尝了！"

王君陪着我，在小街曲巷中转了几个弯，就到了东关街。

王君说：东关街是扬州城里最具有代表性的一条历史老街。它东起古运河，西至国庆路，全长1122米。它不仅是扬州有名的美食街、商业街，而且是历史名人街、名胜街。

虽然时间尚早，但街面上已经人来人往，喧闹起来。尤其是那些点心店、饮食店，门口小伙计忙着招呼拉客。

王君问我："听说过'早上皮包水，晚上水包皮'吗？"我说："不就是早上吃汤包，晚上泡浴池嘛。"王君点头称是。

我们走进一家叫"绿杨村"的小吃店，找了个楼上靠窗的位子。王君点了藕粉圆子、汤包、饺面、黄桥烧饼……一会儿，一碗碗热气腾腾、香气四溢的点心就端了上来。

王君说："先尝尝藕粉圆子。它原名建湖藕粉圆子，是传入民间的宫廷点心，已有200多年的历史。据说著名作家巴金、经济学家费孝通莅临建湖时，都曾品尝其味，并交口称赞。现在藕粉圆子已成为江苏各地招待中外客人的特色菜肴。藕粉圆子的制作过程可谓独具匠心，它是用糖腌渍过的猪油、金橘饼、核桃仁、花生仁等原料做馅心，以藕粉做外皮。"

碗里那圆润透明的藕粉圆子泡在汤水之中，半浮半沉，看上去像一个个漂动的茶色圆球，十分可爱，令人舍不得下箸。

吃完点心，王君同我去逛街。

这时候街市上人声鼎沸，人如潮涌。一条东关街商铺林立，店招飘扬，红灯高挂。琳琅满目的小商铺中不乏百年老字号。有开业于1817年的四美酱园、1830年的谢馥春香粉店、1862年的潘广和五金店、1901年的夏广盛豆腐店、1908年的大和堂中医馆、1909年的陈同兴鞋子店、1912年的乾大昌纸店、1938年的庆丰茶食店、1940年的四流春茶社、1941年的协丰南货店等。除了这些以外，还有前店后作坊的樊顺兴伞店、曹顺兴箩匾老铺、孙铸臣漆器作坊、源泰祥糖坊、孙记玉器作坊等。

我们边走边看，兴趣浓浓。商铺里人头攒动，生意兴旺。谢馥春的鸭蛋粉，很受姑娘们青睐；四美酱园里，买酱菜的人挤破头。

我们逛到了东关街南边的东圈门历史街区。这里除了有老字号店铺外，名人故居也不少，有江上青（东圈门16号）、刘文淇（东圈门14号）、金农（三祝庵）、汪伯屏（地官第14号）、何廉舫（东圈门22号）、洪兰友（地官第10号）、熊成基（韦家井6号）、曹起蟫（东关街238号）等。

这里还集中了众多名胜古迹，有个园、逸圃、华氏园、汪氏小苑、

143

李将军府；有扬州较早创办的广陵书院、安定书院、仪董学堂；有明代的武当行宫、准提寺；马监巷内有建于康熙五十三年（1714）的清真寺；东关街西头有香火很旺的财神庙等。

王君同我去游览中国四大名园之一的个园。

这座清代扬州盐商宅邸私家园林，以遍植青竹而名，以叠石艺术而胜。个园尤以笋石、湖石、黄石、宣石叠成的春夏秋冬四季假山为特色，融造园法则与山水画理为一体，陈从周先生誉为"国内孤例"。

王君让我试着去寻找春夏秋冬山。

我注意到月洞门外两侧的花坛里，种着很多高大挺拔的翠竹，在翠竹丛里有很多长满青苔的石笋。我说："这里有'雨后春笋'的意思，但没见有山呀。"王君大笑道："这幅竹石图，不正巧妙地点出了'春山'的主题吗？"

有了寻"春山"的经验，找夏山就容易多了。夏山叠石以青灰色太湖石为主，造园者利用太湖石瘦、透、漏、皱的特性，叠石奇而多姿，远观如白云舒卷，峰峦叠嶂；近看似蜂巢巧筑，玲珑剔透。穿行洞室，拾级登山，数转而达山顶。山上磴道，东接抱山楼，与秋山相连。

秋山在园的东北角，用粗犷的黄石叠成。山石嶙峋，古柏凌空。山上有三条磴道，一条左拐右转而原地打转，一条遭逢绝壁而原路返回。唯有中间一条，往上翔于群峰之间，往下探至山腹幽洞。洞中有石凳、石桌、山顶洞、一线天，还有石桥飞梁，深谷绝涧，迂回盘旋。山顶置亭，为全园的最高观景点。秋山西与抱山楼相通。

冬山在东南小庭院中，倚墙叠置石色洁白、通体浑圆的宣石。宣石内含石英，迎光则闪闪放光，背光则幽幽发亮。又在南墙上开四行圆孔，利用狭巷高墙的气流变化，营造冬天北风呼啸、风雪弥漫的效果。

宣石造山之时，还着意堆塑出一群大大小小的雪狮子，或跳或卧，或坐或立，童趣十足。

王君叫我透过西墙的漏窗往外看，就又看到春山的石笋景观了。寓意四季回环往复，美景周而复始。

时间已到下午3点，晚上王君要在得月楼宴请我，以尽地主之谊。所以必须早点回去休息了。

二十四桥

到扬州已经好多天了，游览了不少地方，如瘦西湖、古运河、东关街、史可法纪念馆、隋炀帝陵等。这天晚上正想着再去什么地方，王君到我的住处来了。于是我用旅馆提供的茶包，泡了两杯茶，两人便天南海北聊起来了。

王君说："扬州著名景点咱们玩得也差不多了，还想上哪儿去呢？"

我说："要说著名景点，'二十四桥'要算一个。你看哦，唐诗宋词中有不少描写'二十四桥'的。最有名的，一是杜牧，'青山隐隐水迢迢，秋尽江南草未凋。二十四桥明月夜，玉人何处教吹箫？'一是姜夔《扬州慢》，'二十四桥仍在，波心荡，冷月无声。念桥边红药，年年知为谁生？'"

宋词中提到二十四桥的，有周邦彦《玉楼春》："天涯回首一销魂，二十四桥歌舞地。"曾觌《朝中措·维扬感怀》："二十四桥风月，寻思只有销魂。"陈允平《玲珑四犯》："惆怅二十四桥，任落絮、飞花乱点。"刘辰翁《水调歌头》："一百八盘道路，二十四桥歌舞，身世梦堪惊。"周密《踏莎行》："十年二十四桥春，转头明月箫声冷。"真是不胜枚举。

王君说："在诗词中著名的'二十四桥'，实际上究竟是一座桥，还是二十四座桥，这个问题曾引动过多少文人学者打了 1000 多年的笔墨官司呢！"

一说二十四座桥的，主要根据是宋朝沈括（1031—1095）在《梦溪笔谈·补笔谈》中说："扬州在唐时最为富盛，……可纪者有二十四桥。"且罗列桥名，为茶园桥、大明桥、九曲桥、下马桥、作坊桥、洗马桥、南桥、阿师桥、周家桥、小市桥、广济桥、新桥、开明桥、顾家桥、通泗桥、太平桥、利园桥、万岁桥、青园桥、参佐桥、山光桥等二十四座桥，后水道逐渐淤没。宋元祐时仅存小市、广济、开明、通泗、太平、万岁诸桥。现今仅有开明桥、通泗桥的地名，桥已不存在。这是古代典籍中唯一认为有二十四座桥的记载。显然，他认为历史上有二十四座桥。沈括以治学严谨著称。因此，这一说影响比较大。

其二说："二十四"在扬州现今的方言中仍然有"多"或"全部"的意思。比如说，"这个人二十四道全会"，意思是这个人多才多艺。这里的"二十四"与俗话三十六策走为上策中的"三十六"和口语"不管三七二十一"中的"二十一"一样，虚指多。因此，也可以这么说，扬州有很多座桥，就说有二十四桥。

那么，把"二十四"作为一座桥的桥名，又有啥根据呢？我饶有兴趣地问。

王君说："且容我慢慢道来。有这么一种传说。隋炀帝下江南，龙船到了扬州的西郊，看到一座桥，问叫什么桥。太监说不知道。一个宠妃就说了：'我来给它起个名字，就叫二十三桥吧。龙船上的公主、妃子有二十三个，为二十三娇。"娇"和"桥"韵母相同，右半部分也相同。'听了宠妃说的缘由，一个太监报告皇上，说船上有二十四娇——

147

有一个妃子肚子里有一娇，她怀孕了。因此，这座桥就叫二十四桥了。”

另外《扬州鼓吹词》说："是桥因古之二十四美人吹箫于此，故名。"据说二十四桥原为吴家砖桥，周围山清水秀，风光旖旎，本是文人欢聚，歌伎吟唱之地。唐代时有二十四歌女，一个个姿容媚艳，体态轻盈，曾于月明之夜来此吹箫弄笛，巧遇杜牧，其中一名歌女折花献给杜牧，并请杜牧诗。于是，杜牧赋诗一首，即《寄扬州韩绰判官》，其中有"二十四桥明月夜，玉人何处教吹箫"。

当然，这样的例证还有，如曹雪芹在《红楼梦》中借黛玉思乡之情，特别提道："春花秋月，水秀山明，二十四桥，六朝遗迹……"文学家朱自清也曾满怀激情地追忆故乡"城里城外古迹很多，如'文选楼''天保城''雷塘''二十四桥'"。

王君说："今天，念四路中段东面，五亭桥西边的景区就叫二十四桥景区。"其主建筑熙春台东面，有毛泽东手书杜牧《寄扬州韩绰判官》诗碑。在熙春台东北 80 米的地方，建有一座单孔拱桥，长 24 米，宽2.4米，两边各有二十四层台阶、二十四根汉白玉栏杆，处处都与二十四对应，称"二十四桥"。桥的西北有一座简洁的亭子，宛在水中央，叫吹箫厅。建这么一座"二十四桥"，也表明比较可信的是指一座桥。

我说："这里有丰子恺的《扬州梦》，我读给你听。"讲他去访大名鼎鼎的二十四桥，以期满足他的"怀古欲"。他"到大街上雇车子，说：'到二十四桥。'然而年轻的驾车人都不知道，摇摇头。有一个年纪较大的人表示知道，然而他忠告我们：'这地方很远，而且很荒凉，你们去做什么？'我不好说'去凭吊'，只得撒一个谎，说'去看朋友'。那人笑着说：'那边不大有人家呢！'我很狼狈，支吾地回答：'不瞒你说，我们就想看看那个桥。'驾车的人都笑起来。""车子走了半小时以上，方才停息在田野中间跨在一条沟渠似的小河上的一爿小桥边。驾车人说：'到了，这是二十四桥。'我们下车，大家表现出大失所望的样子，除了'啊哟！'以外没有别的话。""我有些不放心：这小桥到底是否是二十四桥。为欲考证确实，我跑到附近田野里一位正在工作的农人那里，向他叩问：'同志，这是什么桥？'他回答说：'二十四桥。'我还不放心，又跑到桥旁一间小屋子门口，望见里面一位白头老婆婆坐着做针线，我又问：'请问老婆婆，这是什么桥？'老婆婆干脆地说：'廿四桥。'这才放心。"写作的时间是 1958 年春。60 多年前的二十四桥就是那个样子，这也说明二十四桥是一座桥。

王君说："还不如不看，看了太失望。"我说："有些想象中的美景，比现实中的更美，不如就让它留在想象中吧！"

平山堂

王君说："今天我们去游平山堂。"

平山堂位于扬州西北郊蜀冈中峰大明寺内，始建于宋庆历八年（1048），当时任扬州知府的欧阳修，极欣赏寺内的清幽古朴，于此筑堂。

去平山堂须从大明寺进去。

大明寺是扬州八大古刹之一，始创于南朝宋大明四年（460），寺以年号命名，故称大明寺。隋朝仁寿元年（601），皇帝杨坚为庆贺其生日，下诏于全国建塔30座，以供养佛骨，该寺建"栖灵塔"，塔高九层，宏伟壮观。

唐会昌三年（843），九层栖灵塔遭大火焚毁。后建"栖灵遗址"牌坊立于大明寺门前以示纪念。

牌坊北面是山门殿。同一般寺庙有所不同的是大明寺的山门殿同时也是天王殿。

王君陪同我，穿过天王殿，北面是大雄宝殿。其西侧有"仙人旧馆"，平山堂就筑在其中。

欧阳修建平山堂，最早见于他本人在北宋皇祐元年（1049）写给他的同僚韩琦的信："独平山堂战胜蜀冈，江南诸山，一目千里，拾公之遗，以继盛美之尔。""登高望远，江南诸山环抱，若与堂平。"此为平山堂命名的由来。

呈现在我们面前的平山堂，五楹、七架梁、硬山屋顶、卷棚顶、格式门。为通堂式敞口厅，平山堂中楹上方悬"平山堂"三字匾，黑底白字。前款：同治壬申孟夏之月。后书：定远方濬颐。

堂内柱联，上联"晓起凭栏，六代青山都到眼"，下联"晚来对酒，二分明月正当头"。落款：朱公纯撰。庚申春日尉天池书。

门柱楹联：过江诸山，到此堂下；太守之宴，与众宾欢。为曾任扬州知府的伊秉绶所作，袁伟华书。造句极佳，书法古朴，为平山堂楹联之冠。

前廊柱楹联："山光长在有无中，诗意宜因今古异。"

平山堂南有庭院，为清时行春台遗址。堂前三架紫藤，古藤枝蔓纠缠。院内植琼花、棕榈、侧柏、瓜子黄杨、蜡梅、紫薇等。

庭院南有古石栏。栏外有　鹤池，池旁植有淡竹、桂花、棕榈、青桐、榉树、枇杷等，苍翠欲滴。

平山堂在当时就好评如潮。宋代秦观有诗赞美："栋宇高开古寺间，尽收佳处入雕栏。山浮海上青螺远，天转江南碧玉宽。雨槛幽花滋浅小，风巵清酒涨微澜。游人若论登临美，须作淮东第一观。"而同时的叶梦得则直称平山堂"壮丽为淮南第一"。

史载，每到暑天，公余之暇，欧阳修常携朋友来此饮酒赋诗，他叫从人去不远处的邵伯湖取荷花千余朵，分插百许盆，放在客人之间，然后让歌伎取一花传客，依次摘其瓣，谁轮到最后一瓣则饮酒一杯，赋诗一首，往往到夜，戴月而归，这就是当时的击鼓传花。如今悬在堂上的

"坐花戴月"匾，是当时的真实写照。欧阳修的闲适儒雅与风流倜傥，传为千古佳话。

苏轼曾多次来平山堂游览，有感而赋《西江月》："三过平山堂下，半生弹指声中。十年不见老仙翁，壁上龙蛇飞动。欲吊文章太守，仍歌杨柳春风。休言万事转头空，未转头时皆梦。"

苏东坡缅怀宗师的深厚情谊，让后人不胜感喟。

欧阳修曾在堂前手植一柳。八年之后枝繁叶茂，百姓称之"欧公柳"。欧阳修得知，写词曰："平山栏槛倚晴空，山色有无中，手种堂前垂柳，别来几度春风。文章太守，挥毫万字，一饮千钟。行乐直须年少，尊前看取衰翁。"

在古城扬州，平山堂数得上历代文人墨客留下诗文最多的文化名胜。历朝历代，歌咏欧苏遗事遗迹、文风人品的诗词文赋、楹联铭记，车载斗量。这些文学瑰宝，值得每个中国人引以为豪。

王君说："因为平山堂闻名海内，历史上便将这里的名胜古迹，包括谷林堂、欧阳祠、西园、天下第五泉、乾隆御碑、鹤冢等统称平山堂。"

我们乘兴一并游览了。

平山堂北的谷林堂建于北宋元祐年间（1086—1094），是苏东坡由颍州徙知扬州时，为纪念他的老师欧阳修而建，取东坡"深谷下窈宛，高林合扶疏"诗句中的"谷林"两字为堂名。堂内悬有楹联和书画等作品，环境十分清幽。

谷林堂北是欧阳祠，又名欧阳文忠公祠。历史上，扬州人民有感于欧阳修的政德，曾建生祠于旧城。乾隆五十八年（1793），两淮盐运使曾燠主持，将欧阳修纪念场所移建至蜀冈平山堂。咸丰年间平山堂毁于兵火。光绪五年，欧阳修后裔、两淮盐运使欧阳正镛在此建欧阳祠。祠内"贤守清风"匾额为清康熙皇帝御笔。"六一宗风"匾额为中国当代著名书法家武中奇手书。

大明寺西侧的西园，建于乾隆元年（1736），乾隆十六年（1751）重修，也称平山堂御苑。西园中现存的御笔九龙碑刻三方，是乾隆在扬州所著诗词的代表作，也是扬州保存最完整、最大的乾隆皇帝御碑。

西园中"天下第五泉"为明僧智沧溟于此掘地得泉。泉井侧立"第五泉"三字石刻，为明御史徐九皋所书。

康熙御碑亭东侧有一块依墙而筑的石碑，碑上嵌着"鹤冢"二字。清光绪十九年（1893），时任寺院住持的醒悟和尚，在平山堂前的鹤池里，饲养了一对白鹤。后来雌鹤因患足疾而殁，自此雄鹤昼夜哀鸣，绝粒断食而死。醒悟和尚感其情，葬鹤于此，并立碑文，警诫"世人不义，愧对禽也"。

游毕。我对王君说："欧苏道德文章，高山仰止，景行行止，虽不能至，然心向往之。"

史可法

扬州城北，梅花岭畔。古城河水清澈流淌，岸边垂柳丝绦拂水。

一组白墙灰瓦，江南传统古建筑，史可法纪念馆沐浴在 4 月的晨光中。

我和王君来到了这里，正赶上开馆。

大门左侧，有两块"史可法祠墓"石碑，旧的那块是省的，新的是全国的。"史可法纪念馆"馆牌为朱德题写。

走进大门，两株 200 多年树龄的参天银杏，如卫兵般肃立门口。已抖落了黄叶的枝头，一柄柄新绿的小扇正在绽开。再过不久，院内将绿荫匝地，一片清凉。

王君介绍，清顺治二年（1645）四月，史可法在扬州就义，义子副将史德威遍寻遗体不得，乃葬其衣冠于梅花岭下。后乾隆于墓西侧建祠，并谥"忠正"。1949 年后祠堂曾多次修缮，新建遗墨厅、梅花仙馆等，现称"史可法纪念馆"。

我们来到院正中的"飨堂"。此为祭祀史可法的主要建筑。堂前抱柱上，清代诗人张尔荩撰联："数点梅花亡国泪，二分明月故臣心。"使人骤然收紧心情，沉浸于肃穆氛围中。

堂内明间有云纹形梅花罩格，上悬何应钦题写"气壮山河"的匾额。两边是吴熙载篆书楹联："生有自来文信国，死而后已武乡侯。"堂正中供奉史可法干漆夹纻塑像。东山墙置《家祭文》楠木挂屏，西山墙置《公祭文》楠木挂屏。两侧橱内陈列有玉腰带、象牙印章及追远图等资料。

史可法，是明末著名的政治家。他为官清廉，政绩卓著。崇祯十七年（1644）五月初三，福王朱由菘在南京就任监国之后，史可法由原南京兵部尚书改任东阁大学士兼礼部尚书。五月十五日，福王朱由菘即位为皇帝。由于在定策问题上史可法拥立桂王而列举福王"七不可立"，从而在朱由菘监国后被排挤，于是史可法"自请督师淮扬"。

从弘光元年（1645）四月十五日到二十五日，这就是扬州十日保卫战。清兵至少 10 万人，扬州守兵仅万余人。多铎不断派人劝降，史可法说："我为朝廷首辅，岂肯反面事人？"多铎亲自出马，连发五封书信，史可法都不启封，全部付之一炬。史可法清楚地知道，在这样的情况下要想取得胜利是不可能的，他只能抗战到底，以死报国。他首先招集诸将说："吾誓与城为殉，然仓皇之中不可落于敌人之手以死，谁为我临期成此大节者？"副将史德威慨然任之。史可法一口气写下了五封遗书，除一封致豫王多铎，其余都是给家人的。二十五日城陷，史可法欲以佩刀自杀，部属强行夺过佩刀，拥其走入小东门，清兵迎面而来，史可法大呼："我史督师也！可引见汝兵主。"遂被俘。多铎以宾礼相待，口称先生，当面劝降，许以高官厚禄。史可法骂不绝口，严加拒绝："我为朝廷大臣，岂肯偷生为万世罪人！吾头可断，身不可辱，愿速死，从先帝于地下。""城亡与亡，我意已决，即碎尸万段，甘之如饴，但扬城百万生灵，不可杀戮！"壮烈牺牲于南城楼上，时年仅 44

岁。随后多铎下令，烧杀抢掠持续 10 天。扬州屠城后，史可法就义已 12 天，由于当时天气较热，尸体腐烂不能辨认。次年，义子史德威建史可法衣冠冢于扬州梅花岭下。

飨堂东为梅花岭。梅花岭北有晴雪轩，又名遗墨厅。史可法的墨迹联对："琴书游戏六千里，诗酒精狂四十年""涧雪压多松偃蹇，岩泉滴久石玲珑""斗酒纵观廿一史，炉香静对十三经""自学古贤修静气，唯应野鹤共高情""千里遇师从枕喜，一生报国托文章"等，笔力雄健，气贯势险，无论行书、草书都造诣深厚。特别是他写给多尔衮的《复摄政王书》，春秋大义，社稷之情，一气呵成，酣畅淋漓，让人想起文天祥的《正气歌》。不过他的遗书更是让人叹服，他的第三封遗书，仅仅三句："可法死矣！前与夫人有定约，当于泉下相候也！四月十九日，可法手书。"可以说是史可法最精彩的绝笔。如此慷慨赴义，墨迹点点，也是血迹斑斑，几百年来却色泽如润，依然鲜活如昨。6 天后，即 1645 年 4 月 25 日，史可法殉国。

史公祠堂位于飨堂西边。此为安放史公及其列祖列宗的牌位，享受史公后人祭祀的场所。

祠堂两边的楹联上写着："尚张睢阳为友，奉左忠毅为师，大节炳千秋，列传足光明史牒；梦文信国而生，慕武乡侯而死，复仇经九世，神州终见汉衣冠。"

祠堂内史公遗像上方，悬"亮节孤忠"匾。瞻仰史公的遗像，那种沉着之概，深思之神，使人仿佛见到"行不张盖，食不重味，夏不扇，冬不裘，寝不解衣"的一代忠臣。

史可法为官很有政声，以"廉政爱民"为朝野称道。当六安城垣倾圮时，他自捐俸修葺，"佐以节省之资不下二千金，而不支金帑，不费民财，虽一砖一石，亦目寓而心经焉"。而他自己却"终岁布衣蔬食，约己裕民"。当他看到六安学事废弛，开"礼贤馆，广咨问，以拔才能"，当他看到官吏借"签点法"无偿征收百姓马匹，致使"中人之产立尽"，"百姓苦之"时，他立即改革，永除其弊。他"事无巨细，咸属亲裁，目视、耳听、口答、手批、靡不赡举，而始终无倦，致百废俱兴"。当他巡抚凤阳等处时，大胆"劾罢督粮道三人，增设漕储道一人"，表现了他疾恶如仇、整饬吏治的胆略。

祠堂内陈列有史可法生平大事年表及海内外名人观后留言。刘海粟留墨宝："精神万古，气节千载。"还有一则谒墓者留言："人可法，书可法，史可法，今可法，永可法。"

飨堂后为史公墓。墓前有 3 门砖砌牌坊。乾隆四十一年（1776）正月追谥"忠正"。因此牌坊上题额为"史忠正公墓"。

墓地正中墓碑上，镌"明督师兵部尚书兼东阁大学士史可法之墓"。碑后墓台上有墓冢，封土高 16 米。墓园内银杏蔚秀，蜡梅交柯，翠竹苍松，清幽而肃穆，幽雅且宁静。

我们向史公墓碑深鞠一躬。

王君说："史可法、文天祥，他们都是中华民族的英雄。"

我说："史可法光辉的一生，就是一首中华民族的正气歌。"

我们不由得背诵："天地有正气，杂然赋流形。下则为河岳，上则为日星。于人曰浩然，沛乎塞苍冥""时穷节乃见，一一垂丹青"。

郑板桥

郑板桥（1693—1766），原名郑燮，字克柔，号板桥，江苏兴化人，祖籍苏州。郑板桥诗书画，世称"三绝"，为"扬州八怪"代表人物。老年客居扬州，以卖画为生。

郑板桥是写诗的高手。雍正七年（1729），作《道情十首》，至今传唱不已。雍正十年（1732），郑板桥四十岁，是年秋，赴南京参加乡试，中举人，作《得南捷音》诗。乾隆元年（1736），他于太和殿前丹墀参加殿试，中二甲第八十八名进士，并赐进士出身，特作《秋葵石笋图》并题诗曰："我亦终葵称进士，相随丹桂状元郎。"喜悦之情溢于言表。郑板桥在潍县任上著述颇多，其《潍县竹枝词》四十首尤为脍炙人口。

尤其是郑板桥的题画诗，摆脱了传统单纯地以诗就画或以画就诗的窠臼。他每画必题诗，有题必佳，达到"画状画之像""诗发难画之意"，诗画映照，无限拓展画面的广度。郑板桥的题画诗关注现实生活，有着深刻的思想内容，他以如枪似剑的文字，针砭时弊，正如他在《兰竹石图》中云："要有掀天揭地之文，震电惊雷之字，呵神骂鬼之谈，无古无今之画，固不在寻常蹊径中也。"

题画诗在形式上更具有艺术性、趣味性。题画诗能充分体现"书画同源""用笔同法"的艺术趣味，而传统画家的题款跋文，大多题于画的空白处，对画面起平衡作用，但是郑板桥将书法与画糅合在一起，还成了共同表现形象的特殊手法，彼此关系不分割。如《兰石图》，郑板桥别具匠心地将诗句用书法的形式，真草隶篆融为一体，大大小小，东倒西歪，犹如"乱石铺街"地题于石壁上，代替了画石所需的皴法，产生了节奏美、韵律美，又恰到好处地表现了石头的立体感、肌理美；既深刻揭示兰花特征，寓意高尚人品的意境美，又有书法艺术替代皴法的艺术美。让人在观画时既能享受到画境、诗境的意境美，又能享受到书法艺术的形式美，沉浸在诗情画意中。另在许多兰竹石的画幅上，他题诗的形式变化多端，不守成规，不拘一格，自然成趣，达到书佳、行款得体的效果，画亦随之增色。所谓行款得体，即是视画面的实际，进行构思，讲究构图的形式美，因而他将题画诗或长题于侧，或短题于上下，或纵题，或横题，或斜题，或贯穿于兰竹、藤叶之间，断断续续地题，观其形态，参差错落，疏密有致。是书也是题，是画也是诗，是诗也是画。欣赏每幅画中题画诗，既是绝妙的书法，也是书画相映，有机地交融在一起，构成了统一的诗情画意的意境，给人以综合的完美的艺术享受。

"六分半"书，是郑板桥对自己独创性书法的一种谐谑称谓。隶书中有一种笔画多波磔的"八分书"。所谓"六分半"，其意大体是隶书，但掺杂了楷、行、篆、草等别的书体。《行书曹操诗》轴（现藏扬州博物馆）可视为"六分半"书的代表作。此件写曹操《观沧海》诗，幅面很大，平均每字有 10 平方厘米以上，字体隶意颇浓，兼有篆和楷，形体扁长相间，笔势以方正为主而略有摆宕，其拙朴旷悍，恰与曹诗雄伟阔大的风格相似。郑板桥曾在《赠潘桐冈》诗中称道自己的书法:"吾曹笔阵凌云烟,扫空氛翳铺青天。一行两行书数字,南箕北斗排星躔。"

郑板桥书法作品的章法也很有特色,他能将大小、长短、方圆、肥瘦、疏密错落穿插,如"乱石铺街",纵放中含着规矩。看似随笔挥洒,整体观之却产生跳跃灵动的节奏感。如作于乾隆二十七年(1762)的《行书论书》横幅,时已七十高龄,乃晚年佳作。大意是说苏东坡喜用宣城诸葛氏齐锋笔,写起来十分如意,后来改用别的笔,就手心不相应。板桥自己用泰州邓氏羊毫笔,写起来婉转飞动,无不如意。于是把泰州邓氏羊毫比作宣城诸葛齐锋,最后说:"予何敢妄拟东坡?而用笔作书皆爱肥不爱瘦,亦坡之意也。"整幅作品结字大大小小,笔画粗粗细细,态势欹斜,点画、提按、使转如乐行于耳,鸟飞于空,鱼游于水,在一种态情任意的节律中显露着骨力和神采。

据说,郑板桥早年学书相当刻苦,写众家字体均能神似,但终觉不足。有一次,他竟在妻子的背上画来画去,揣摩字的笔画和结构。妻子不耐烦了,说:"你有你的体,我有我的体,你老在人家的体上画什么?"这无意间说出的一语双关的话,使板桥恍然有悟:不能老在别人的体格上"规效法",只有在个人感悟的基础上,另辟蹊径,才能独领风骚。于是,他取黄庭坚之长笔画入八分,夸张其摆宕,"摇波驻节",单字略扁,左低右高,姿质如画。又以画兰竹之笔入书,求书法的画意。清人蒋士铨说他写字"如作兰,波磔奇古形翩翩",生动地道出了"板桥体"的特质。

郑板桥一生只画竹、石、兰。他画竹"神似坡公,多不乱,少不疏,脱尽时习,秀劲绝伦"。《清代学者像传》说他一生的三分之二岁月都在为竹传神写影，自己曾有诗写道："四十年来画竹枝，日间挥写夜间思，冗繁削尽留清瘦，画到生时是熟时。"后来他说："凡吾画竹，无所师承，多得于纸窗粉壁日光月影中耳。"他通过观察和艺术创作的实践，提炼出"眼中之竹""胸中之竹""手中之竹"的理论。"眼中之竹"是自然实景，是对自然的观察和从中体验画意；"胸中之竹"是艺术创作时的构思；"手中之竹"是艺术创作的实现。他把主观与客观、现象与想象、真实与艺术有机地融为一体，创造了师承自然，而又高于自然的境界。

郑板桥任山东潍县知县时，曾作过一幅画《潍县署中画竹呈年伯包大中丞括》。透过画和诗，使人们联想到了板桥的人品，他身为知县，从衙斋萧萧的竹声，联想到百姓的疾苦声，画中的竹叶有了形象的扩展，郑板桥开仓赈贷，救济灾民的场景一幕幕地浮现在人们脑海里，寥寥几笔竹叶，简练几句诗题，让人感到作品中蕴藏着的深刻的思想、浓浓的情意。再有几幅是郑板桥被贬官后离开潍县，三头毛驴一车书，两袖清风而去，临行前后作的画。其一画竹图题云："乌纱掷去不为官，囊橐萧萧两袖寒，写取一枝清瘦竹，秋风江上竹渔竿。"借竹抒发了他弃官为民、淡泊名利、享受人生的平静心态。其二《竹石图》画幅上三两枝瘦劲的竹子，从石缝中挺然直立，坚韧不拔，遇风不倒，郑板桥借竹抒发了自己洒脱、豁达的胸臆，表达了勇敢面对现实，绝不屈服于挫折的人品，竹子被人格化了，此时，"诗是无形画，画是有形诗"。他一生善于画竹，尤其善于据竹写诗，抒发了"衙斋卧听萧萧竹，疑是民间疾苦声"的情怀，表现出"咬定青山不放松，任尔东西南北风"的坚劲，表达出"写取一枝清瘦竹，乌纱掷去不为官"的气节和气概，凡竹子的高风亮节、坚贞正直、高雅豪迈等气韵，都被他表现得淋漓尽致。这正是郑板桥作品不同于传统花鸟画之处，不同于前人之处。

郑板桥画石亦如此。自然界再无情的石头在他笔下也活了，如《柱石图》中的石头，这也是前人画中常用题材，但很少把它作为主体形象来表现。而郑板桥在画幅中央别具一格地画了一块孤立的峰石，却有直冲云霄的气概，四周皆空没有背景。画上四句七言诗："谁与荒斋伴寂寥，一枝柱石上云霄。挺然直是陶元亮，五斗何能折我腰。"诗点破了画题，一下子将石头与人品结合到一块儿，可谓"画不足而题足之，画无声而诗声之。诗画互相为用，开后人无数法门"。板桥借挺然坚劲的石头，赞美陶渊明。赞美他刚直不阿、品格高尚的人格，同时似乎也有吐露他自己同样遭遇及气度的意思。画中的石头代表了人物形象，蕴藏着刚直不阿、气宇轩昂的品质，使人感到，此处画石头比画人更有意味，更能揭示深刻含义。

乾隆二十七年（1762），郑板桥画了一幅《竹石图》，一块巨石顶天立地，数竿瘦竹几乎撑破画面。右上角空白处题诗一首："七十老人画竹石，石更凌嶒竹更直。乃知此老笔非凡，挺千寻之壁立。乾隆癸未，板桥郑燮。"下揿两方名号印。画幅右下方空白处又押上"歌吹古扬州"闲章一方。郑板桥颠沛了一生，不向各种恶势力低头，仍如磐石般坚强，如清竹般劲挺。诗题得整整斜斜、大大小小，或在峰峦之上，代之以皴法；或在竹竿之间，使画连成一片。画上题诗，并非郑燮始创，但如郑燮之妙，实不多见，妙就妙在各类艺术高度统一。

郑板桥还有很多以兰花为主题的画，也表现了一些新的内容，借题画诗发挥，表达对各种各样事物的看法。如有的借兰花特征，透溢出做人胜不骄、败不馁，持平常心态的胸臆，题画诗云："兰花与竹本相关，总在青山绿水间。霜雪不凋春不艳，笑人红紫做客顽。"由兰花让人产生联想，做人要像兰花一样幽静、持久、清香，不浮不躁，不争艳。咫尺画幅，拓展无限之大，意境深邃。有的借一丛丛兰花，夹着一些荆棘的自然现象，抒君子能宽容小人之大度的气质。《荆棘丛兰石图》题画诗云："不容荆棘不成兰，外道天魔冷眼看。看到鱼龙都混杂，方知佛法浩漫漫。"另一幅《荆棘丛兰石图》题云："满幅皆君子，其后以荆棘终之何也？盖君子能容纳小人，无小人亦不能成君子，故棘中之兰，其花更硕茂矣。"板桥匠心独运，在兰花中穿插几枝荆棘，画兰花与荆棘共存，表达了遇有小人，虚怀若谷、和睦共处，"历经磨炼，方成英雄"的宽大胸怀，读画者亦受益匪浅。

纵观郑板桥笔下所画的兰竹石，细品题画诗，我们不难看出，他喜画兰竹石的缘由，正如他所云："四时不谢之兰，百节长青之竹，万古不败之石，千秋不变之人"，而"为四美也"。

郑板桥做过山东范、潍知县，历时十二年，颇有政声。乾隆十八年（1753），郑板桥为民请赈忤大吏而去官，时年61岁。去潍之时，百姓遮道挽留，家家画像以祀，并自发丁潍城海岛寺为郑板桥建立了生祠。

去官以后，板桥卖画为生，往来于扬州、兴化之间，与同道书画往来，诗酒唱和。

163

隋炀帝陵

在扬州市北郊槐泗镇，隋炀帝陵，是孤独寂寞冷清的一个存在。

烟花三月，前来扬州旅游的人如潮涌一般，但是，隋炀帝陵，门可罗雀，几乎无人问津。

今天下午，来这里凭吊的仅我和王君两人。

据导游图介绍，大业十四年，江都兵变，叛军司马德勘等煽动兵变，推宇文化及为首缢弑隋炀帝。杨广死后，萧后与宫人用漆板床板做成棺材，殡于江都宫西院流珠堂内，后陈棱集众缟素，为炀帝发丧，备仪卫，改葬于吴公台下，衰杖送丧，恸感路人。唐武德五年（622）又以帝礼移葬于雷塘之北。

帝陵占地3万平方米，由石牌楼、陵门、城垣、石阙、侧殿、陵冢等组成。整个帝陵形制独特，气势雄伟，城垣、石阙、陵冢是世界上罕见的帝王的葬式，是典型的隋唐建筑风格。

进入陵区，高大的石牌楼横梁上书写着"隋炀帝陵"四个正楷大字。

陵门气势恢宏，宽敞的正门配以两个偏堂，左偏堂为隋炀帝生平图片展览，陈列了数十幅图画，图文并茂地简略介绍了隋炀帝功过并存的一生。右偏堂为书画陈列室，悬挂了江苏省和扬州市知名书画家的作品。

进入陵门，只见陵园内栽种大量松柏、石楠和女贞，顿觉气氛肃穆。

陵门之北是一座三孔玉带石桥。

桥下就是著名的雷塘，又称为"雷坡"。传吴王曾经在这里建造钓鱼台。南朝的时候，这里模山范水，亭台楼阁，为江南胜迹。宋代以后，这些都湮灭无存了，只剩孤冢一座。雷塘沿岸栽着杨柳，垂枝轻拂水面。

过石桥，是一个四方的土祭台。台上细草茸茸。

绕过祭台是神道。神道两旁的柏树如卫士肃立，不见石人、石马。

神道尽头是陵冢。

炀帝陵冢，形式独特，气势雄伟，为十分整齐的平顶金字塔形，高12米，四面均为规则的等腰梯形，上下边长分别为8米和29米。冢上草木繁茂，郁郁葱葱。

陵冢四周围以城垣，设有四座门，分别为青龙、朱雀、白虎、玄武。并建有石阙、侧殿。

陵冢前立有巨型墓碑，底座为阶梯式，上部为片状云，中部左上方刻有"大清嘉庆十三年在籍前浙江巡抚阮元建石"；正中刻"隋炀帝陵"；右下方刻有"扬州府知府汀州伊秉绶题"。

我们在墓前徘徊良久。

我对王君说："作为千古一帝，统一中国，平定边患，开运河、修驰道、筑长城、建洛阳的隋炀帝，其陵墓规模显得小了。"

王君说：隋炀帝是被部下缢死的，又有暴君的恶名，历代不受待

165

见。现在我们看到的，还是近年重新修建的。

王君还说："你知道不，最近考古发现隋炀帝真墓不在这里，而是在扬州市邗江区西湖镇！"

"这是怎么回事呀？您说来听听。"

2013 年 4 月，扬州市文物考古研究所在邗江区西湖镇一处房地产项目工地，发现了两座残存的古墓。经抢救性清理，发现两墓为隋末唐初砖室墓，西侧墓中出土一方墓志，铭文中有"隋故炀帝墓志"等字样，显示墓主为隋炀帝杨广。在此墓中还出土了鎏金铜铺首、金镶玉腰带等文物。东侧墓主为隋炀帝之后萧氏。

此前公布的省级文保单位隋炀帝陵，位于邗江区槐泗镇槐二村。这种误判之所以出现，在于唐代以后隋炀帝陵渐渐荒芜，不为人知。清嘉庆年间，大学士阮元经考证认为，今槐二村的一处大土墩为隋炀帝陵，于是出资修复，并嘱托书法家、扬州知府伊秉绶书写墓碑。20 世纪 80 年代以后，该处经过多次整修，成为扬州著名的旅游景点。但此次考古发现，还原了历史真相，确定了隋炀帝陵墓的真正所在。

王君忧虑："这一真一假两个墓，以后到底认哪个？"

我说："好办，再迁一次嘛，把真的迁过来，这里就是真的了。"

暮色已起，阴风萧瑟，我们加快脚步，赶紧离开了陵园。

盂城高邮

在与王君聊天时，我们聊起了高邮。

王君说，高邮这个名字含有的信息量很大。高邮是扬州地界上的一座历史名城，有 7000 多年文明史和 2240 年建城史，史称江左名区、广陵首邑，帝尧故里。早在 7000 年前，先民就在这里刀耕火种，繁衍生息。秦王嬴政于公元前 223 年在此筑高台、设邮亭，故名高邮。"华夏一邮邑，神州无同类。"高邮是中国 2000 多个县市中唯一以邮命名的城市。游扬州不能不到高邮，而高邮最值得一游的要数盂城驿、文游台和汪曾祺纪念馆。

我说："好啊，就去高邮。"

上午，我们来到位于高邮城南门外馆驿巷的邮驿博物馆。

中国是世界上最早建立有组织传递信息的国家之一。驿站是古代官办飞报军情、接送仪容、运输军需、押解犯人的机构。自秦王在此设邮亭，明代洪武八年（1375）设盂城驿。盂城，高邮的别称，取宋代词人秦少游"吾乡如覆盂"的诗句。盂城驿在当年是座宏伟的建筑，历经朝代变换、风雨沧桑，但古风犹存。现经修复并设立"邮驿博物馆"。

博物馆门厅，悬挂"驿"字灯笼一对，门上方悬挂由全国人大原常委会副委员长朱学范题写的"古盂城驿"横匾，大门左侧的绿地白字"邮驿博物馆"竖牌，为国家邮电部副部长刘平源题写。大门西侧的狮子盘绣球石鼓造型古朴，形象生动。门厅的东耳房为轿房，西耳房为驿具房。

过门厅，就是正厅，为五开间明代建筑，是宣传政令的场所及驿站管理中心。中三间门上方悬"皇华厅"匾额，两侧对联"消息通灵会心不远，置邮传令盛德留行"。厅中为官员接待场面。东房为签房，办理公文之处，西房为驿站人员雕塑。整个厅堂形象地再现了盂城驿当年的生活原貌。

后厅，为接待四方宾客的厅堂。整个建筑的梁柱为明代驿站遗存，是盂城驿的精华所在，雕刻图案精致剔透，寓意丰富。堂上方悬"驻节堂"匾额，堂中为接待官员的晚宴场面。东西厢房为古色古香的客房。

门厅东面的鼓楼为十字脊重两层的古建筑，是驿站值更守夜、站岗瞭望、传鼓报信的制高点，亦是今天盂城驿的形象标志物。底层悬挂着由该建筑设计者、东南大学教授潘谷西先生题写的"鼓楼"匾额，二层悬挂原外交部副部长姜恩柱题写的"飞"、明史学会执行会长刘重日先生题写的"置邮传命"等匾额。盂城驿为国家级文物保护单位。

下午我们到文游台游览。

文游台始建于北宋太平兴国年间，原为东岳庙，因苏轼过高邮与本地乡贤秦观、孙觉、王巩载酒论文于此而得名，从此，这座本来依附东岳大帝神韵的庙台便独领风骚，吸引历代名人雅士纷纷登台一睹风采，并留下千古不朽的诗文。

进入文游台，一座秦观塑像立于盍簪堂前。步入堂内，见东、西、北壁嵌有《秦邮帖》，为清代嘉庆年间高邮知州师兆龙集苏东坡、黄庭坚、米元章、秦少游、赵子昂、董其昌等名家书法，由著名金石家钱泳勒刻而成。

文游台西侧为明代建造的专为纪念秦观、苏轼、孙觉、王巩的四贤祠，祠后是幽静典雅的秦观读书台。

秦观，字少游，扬州府高邮人，青年时期由于才华横溢，颇受推崇，当官后，受苏轼提携，仕途一度得意。后因官场党争受到株连，屡遭打击，最后屈死他乡。他大起大落的宦海沉浮，荣辱交集的文人生涯，使他的诗词创作打上鲜明的秦少游风格，在他精致纤巧的文字中，流露出哀怨感伤的情调。

秦观以诗词传天下，而千年后的汪曾祺以文传天下。

位于人民路历史风貌区范围内，有一片汪曾祺文化特色街区，我们要去参观的汪曾祺纪念馆就在那里。

眼前，一排透露着文艺气息的灰色建筑——汪曾祺纪念馆格外显眼，如同一本本浸染了岁月光华的书籍。迎面的砖墙上，汪曾祺的画像悬挂其中，《受戒》《人间草木》《大淖记事》《沙家浜》等作品铭牌排列两旁，人与作品相融，散发着经久不息的人文魅力。

步入纪念馆展厅，首先映入眼帘的是汪曾祺头像雕塑和巨幅画像。北展厅为主展厅，以"我的家乡在高邮"为主题，设书房、故居模型、街景梦境三个分展区。南展厅共设6个展示单元，分别为"小说家汪曾祺""散文家汪曾祺""戏剧家汪曾祺""美食家汪曾祺""诗联书画汪曾祺"和"老头儿汪曾祺"。东展厅以"景仰与缅怀""瞻仰与寄托"为主题，设有分展室、阅读区、多媒体展示区、多功能室等区域。展室按照汪曾祺生平、作品（分小说、散文、诗歌、戏剧等）介绍、书画及美食等分区展示。

由于时间关系，只能匆匆浏览一圈，但还是留下了深刻的印象。

汪曾祺一生经历了无数苦难和挫折，受过各种不公正待遇，但他始终保持平静旷达的心态，并且创造了积极乐观诗意的文学人生。

我读过汪曾祺的作品，他的小说汲取了中国传统文学的精髓，充溢着"中国味儿"。他的散文颇具名士风范，平淡质朴，娓娓道来，如话家常。他被誉为"抒情的人道主义者，中国最后一个纯粹的文人，中国最后一个士大夫"。

高邮是我这次游扬州的最后一站。

后　记

　　这本《神游江南》是我献给家乡的书。对于生在江南、长在江南的我，对于家乡自有一种特殊的感情。尽管市面上已有不少介绍江南的书，但没有我想象的那一本，在本书"题记"中提到的那一本。

　　2018 年 1 月，我的第三本散文集《行云流水》出版之后，我开始酝酿此书的结构，列出题目，收集资料，动笔写作。我写得很慢，其间因去旅游，回来写游记，所以这本书写写停停，直到 2021 年才收官。

　　我以前写的散文，大多是有感而发的随笔、游记，没有事先的策划。像这种有计划的案头写作，对我来说是一种新的尝试。现在书稿付梓了，即将与读者见面，正如丑媳妇见公婆，内心总是忐忑的。

　　这里要写感谢。首先得感谢夫人顾兰娣对我的支持。其次感谢中联华文（北京）图书有限公司举办的"全国书稿大赛"，给了我这本书的出版机会。最后还要感谢给我提供写作素材的文献资料。我参阅过的书目有《风花雪月的江南》《名人笔下的扬州》《爱情之都杭州》等，网上公开的 360 百科有关旅游景点的介绍资料。